昨日のパスタ

小川　糸

幻冬舎文庫

昨日のパスタ

目次

本文イラスト　芳野
本文デザイン　児玉明子

そこにあるもの　1月25日

あけまして、おめでとうございます。

今日は、旧暦の元日です。

太陽と月、両方の営みを取り入れた太陰太陽暦では、今日が一年の始まりです。

年末年始、みなさまはいかがお過ごしでしたか？

わたしは、数年ぶりに日本でお正月を迎えました。

おせちは、なますや黒豆、伊達巻をほんの少し作っただけの簡単なものになりましたが、やっぱり日本で迎える新年は最高だなぁ、と実感しました。

東京の空は連日気持ちのよい青空で、近所のビルの屋上から富士山もばっちり見ることができました。

年の瀬の東京が、一番好きです。

今年は、そこにあるものを大事にしようと思っています。

暮れに一泊二日で山形に行ってきましたが、「つばさ」に乗りながら車窓の風景に目が離せなくなりました。

福島を過ぎ、峠を越えて米沢に向かうあたりからだんだん雪景色に変わるのですが、山ってこんなに美しかったのかと感動し、感嘆のため息ばかりついていました。

わたしが生まれ育ったのは、県庁所在地である山形市ですが、わたしは今回、初めて、視界にこんなにも高い山がそびえていることに気づいてびっくりしました。

市内のどこからでも、向こうに山が見えるのです。幼い頃から目にしていたはずなのに、あんなにも立派な山の存在が、心の目には届いていなかった、そのことに驚きました。

白い雪をかぶった山並みは本当にきれい以外の何ものでもなく、この歳になるまでそのことに気づいていなかった自分を、我ながら呆れて笑ってしまいます。

今は文翔館と呼ばれている旧県庁の近くにあった、おそらくわたしが世界でもっとも好きだったカフェが閉店していたことは本当に残念でなりませんが、変わらないもの、絶対なんていうものが存在しないということは、去年、自分の身に起きたことを振り返っても、しみじみと痛感します。

自らの意思で手放したものの大きさを想像し、途方に暮れそうになることもありますが、やっぱり今年も、朗らかに、健やかに、自分の心地よい歩みで、のほほんと生きていきたいなー、と思っています。

わたしは、このまま日本で暮らすことにしました。

ベルリンは本当に好きで、嫌いになるどころか、最後まで何ひとつ大きな不満はなかったのですが、それよりも今は、日本に身を置き、あまりに当たり前すぎて存在すら気づいていなかったそこにあるものを、もう一度見直して、この手で慈(いつく)しみたいと思います。

2020年が、みなさまにとって、実り多い、笑いの絶えない年となりますように！

海と、菜の花

3月6日

箱根で歳上の友人のんのんと一泊だけの湯治をした帰り、小田原にある江之浦測候所に寄ることにしました。

海から山の方へ向かうくねくねとした道を走っていると、一軒のパン屋さんを発見。日本家屋がそのままパン屋さんになっていて、何人かのお客さんが縁側でパンをかじっている姿が見えました。

せっかくなので、寄り道をすることに。

おずおずとガラスの引き戸を開けると、そこには焼き立てのパンがずらりと並んでいました。どうやら、人気店のようで、お客さんがひっきりなしに訪れます。

レーズンパン、オレンジとチョコのパン、ベーコンエピ、チーズパン。

お土産もかねて少し多めに買い、最後に追加でクリームパンを。クリームパンは木曜日だけのパンで、ちょうどあったのです。

お会計をしてもらい、やっぱり我慢できずに、ちょこっと味見。

こんなに素朴で、まっとうなクリームパンを子どもの頃から食べていたら、人生も違っただろうなぁ、と思いました。とにかく、クリームがおいしいのです。余計なものが、なーんにも入っていない感じがしました。

のんのんと分け合いながら、クリームパンをむしゃむしゃ食べて、ほんのりと幸せな気持ちになりました。

店の入り口には、柑橘(かんきつ)類が無造作に置かれています。

片浦レモン、はるか、ネーブル、湘南ゴールド。どれも、近くの畑で農薬を使わずに栽培されたとのこと。

湘南ゴールドの試食があったので、ひとつ、いただきました。幼い子どもが黄色いクレヨンで力いっぱいぬったような、ものすごく元気な色をした湘南ゴールド。実は小さいのですが、皮をむいて房ごと口に入れると、ただ甘いだけでもなく、かと言ってただ酸っぱいだけでもない、なんともいえない自然の味が広がります。

これも、お土産にいただくことにしました。

缶にお金を入れていると、割烹着を来たおばあさんがやってきて、小さいけど、甘くておいしいでしょ、と声をかけてくれました。目の前のみかんを作って育てたお母さんです。

みかんのお母さんは、ポケットに入っていた試食用の湘南ゴールドを、更にわたしの袋に入れてくれました。

こういう、ちょっとしたやりとりで、人は救われたり、気持ちが明るくなったりするんだなぁ、と実感しました。

そして、江之浦測候所。

構想に杉本博司さんが深く関わっていることなど、わたしはなんの予備知識もないまま行ったのですが、もうその場所のあまりの美しさに、仰天してしまいました。

日本に古くから伝わる建築様式を、それぞれの時代の特徴をふまえながら再現されているのですが、その中に杉本博司さんの現代アートがさりげなく寄り添っていたり、とにかく、人が作ったものと、自然が産み出したものとの融合が見事で、どこから見える景色もただただ美しく、ため息ばかりがこぼれました。

しかも、折しもちょうど菜の花が満開で、海の青と、菜の花の黄色と、柑橘類のオレンジと、山の緑は、この時期にしか味わえない季節の醍醐味。

あー、ここに来て良かったぁ、と心の底から思いました。

実は、ぜんぜん元気ではなかったのです。先月は、本当に苦しくて苦しくて、このまま自分がどうにかなってしまうのでは、と思うほどでした。

環境が変わったこと、目に見える風景、聞こえる音、空気の質感、すべての変化に心も体もついていけなくなり、ただただ喪失感と孤独感にさいなまれて、右を見ても左を見ても、前を向いても後ろを振り返っても、上も下も不安だらけで、不安はやがて、得体のしれない恐怖へと膨張して、わたしはその場所から一歩も動くことができなくなっていました。

あんなに怖い時間を過ごしたのは、人生で初めてだったかもしれません。

これはまるで、大人のお化け屋敷だな、と思いました。自分の中に、これでもか、というくらい負の感情があったことに、自分でも驚きました。

ゆりねとこんなに長く離れることもなかったので、それも大きく作用したのだと思います。

そして、多くの、本当に多くのことに気づかされました。

わたしの器が小さいばかりにそれまで気づいていなかった愛情、優しさ、自分自身の至らなさ。

家族の有り難み。

わたしにとって、やっぱりペンギンもゆりねも、大事な大事な家族なのだということに、気づきました。

家族としてのつながりは、そう簡単に絶たれるものでもなく、この先もゆるゆると続いていくのだと思います。

多くの人の目にはものすごく奇異に映るかもしれませんが、わたしはこれからも、自分にとっても相手にとっても心地よいと思える、新たな家族の形を模索していきたいな、と思っています。

わたしは、柑橘畑を取り囲むみかん道や、竹林、榊の森をゆっくりと地面と会話するように歩きました。

そして最後、杉の木に抱きつきました。

なんとなく、おいで、と言われたような気がしたので。

太くて立派な幹でもなく、特別に神聖な感じがする木でもなく、本当にふつうの杉の木でしたが、両手を巻きつけて抱きしめた瞬間、じゅわっ、と両目に涙があふれてこぼれました。

ずっとずっと苦しかったけれど、こんなふうに涙が出るのは初めてで、自分でも驚きました。

ありがとう、と声に出してお礼を言い、体をそーっと離しました。

自分の人生がどこに向かおうとしているのかさっぱりわからないのですが、行きつ、戻りつを繰り返しながら、進むべき方向へ、時には自分だけの力ではなく、むしろ、風とか光とか雨とか、自然の営みにおんぶされたり抱っこされたりしながら、日々ちょっとずつ進んでいくのかもしれません。

今回、コロナウィルスの影響で、14、15日と瀬戸内に行く予定がなくなってしまったのですが、江之浦測候所で見た景色は、まさに『ライオンのおやつ』の主人公雫がレモン島で人生の最後の時間に見たものだと感じました。

柑橘類って、本当に心を元気にしてくれるんですね！

そうそう、お茶室に、「日々是口実」の掛け軸がかかっていました。

わたしも、これからの人生は、これでいこうかな。

生きる力

3月10日

今日は一日雨でした。

でも、夕方、歯医者さんに行くため外に出たら、むんむんするくらい、春の匂いが膨らんでいました。ちょっと、ふりまきすぎなんじゃないか、ってくらい。

花たちが、わーい、わーい、と喜んで咲いているように感じました。


ところで、わたしにとって、これさえあれば、の代表選手が味噌です。

味噌は味噌でも、自分で作る手前味噌です。

マーキングみたいなものかもしれません。

自分の居場所に、自分で仕込んだ味噌を置いておくと、それが、いつか帰る場所の目安になる気がするのです。

だから、東京の家にも、元気に帰ってこられますように、の願いを込めて、味噌を作って寝かせてあります。


味噌の材料は、大豆と、麹(こうじ)と、塩。

この3つがあれば、できます。

わたしは、仕上がった味噌の香りがいいので、生の麹を使っています。

麹に関していえば、今のところ、ベルリンで手に入る麹が、わたしにとってはベストなのですが。

大豆を水につけて、一晩か二晩かけてじっくりと戻し、それを弱火にかけて、こちらもじっくり火を通して、柔らかくなるまで煮ます。

煮上がったら、火を止めてそのまま冷まし、その間に塩と麹をよく混ぜておきます。

塩と麹を混ぜている時間が、とても好きです。

ぽわん、といい香りがして、癒されるというか、無心になれるというか、ちょっと瞑想をしているような気持ちになります。

ずーっとこのまま混ぜ続けていたいような、そんなリラックスした状態です。

ここに、ペースト状にした大豆を混ぜれば、味噌の原型が出来上がります。

いつもは、ブレンダーでガーッと一気に機械の力を借りて攪拌するのですが、今回は、ブレンダーの部品が見つからず、一瞬、どうしよう、と焦ってしまいました。

でも、ふと横を見たら、すりこ木があったのです。

以前のわたしだったら、部品がない時点で諦めていたかもしれませんが、今は、ブレンダーがないならすりこ木を使ってみよう、と思えるようになりました。

物は試しですから。

やってみてダメだったら、またその時点で他の手段を考えればいいだけで、やる前に放り投げるのは、それこそもったいない気がします。

500グラム分の大豆を茹でると結構な量になるのですが、とにかく、すりこ木でつぶすことにしました。

確かに、ブレンダーで一気にやるより、時間も手間もかかります。

でも、不可能ではありませんし、やってみると、想像したほど大変でないこともわかりました。

ペチャペチャ、ペチャペチャ。

無心になって、ひたすらつぶしました。

そうしていたら、なんだか自分が、大昔の人になったような、不思議な気分を味わいました。

きっと、古代の人たちも、こうして身近な道具を使って、足元にある木の実なんかをつぶし、命を養っていたんだなぁ、と思ったのです。

そういう、根本的な営みは、全然変わっていないんだなぁ、と。

すりこ木でペースト状にした大豆と、塩と麹を混ぜ合わせ、ハンバーグみたいに丸めて、ジッパー付きの小さめの袋に入れたら、あとはわが家でぐっすりと休んでいただき、味噌になります。

これがわたしにとっては、生きる力です。

将来への、貯金みたいなものかもしれません。

今日の新聞に、とても素晴らしい言葉がのっていました。

NPO法人「よろず相談室」の代表、牧秀一さんの言葉です。

牧さんは、阪神・淡路大震災で被災された方の戸別訪問を25年間続けてこられました。

その一部を、ご紹介します。

「何をもって『復興した』と断言できるかと常々考えるけど、難しい。ただ少なくとも建物がばんばん立つことではないと思うよ」

「一番の問題は、被災して一度は絶望した人たちが、残りの人生をどう生きるかやねん。絶望する日々の中に『楽しかった』と思える時間があったり『いい日だった』と思えたりする。そんな日々が続くとしたら、その人は『少し復興できた』と言えるんちゃうかな」


明日で、東日本大震災から9年が経ちます。

改めて、犠牲になった方々のご冥福をお祈りすると共に、被災された皆さんの、暮らしや心の復興が少しでも前に進むことを願ってやみません。

コロナウィルスの影響で世界中がなんだか息苦しい今日この頃ですが、そういう時だからこそ、日々の暮らしの中に、ささやかな幸福を見つけることが生きる力に結びつくんじゃないかな、って思いました。

パワースポット　3月16日

新型コロナウィルスの影響で、万が一ドイツに入れなくなるとゆりねに会えなくなってしまうので、フライトの予定をくりあげ、先週末、日本を出ました。

もしも入国を拒否なんかされてしまったらどうしようと、不安で不安で仕方がなかったのですが、ベルリンのテーゲル空港でも足止めされることなく、無事、ベルリンの空の下に戻ることができました。

アパートのベルを鳴らした数秒後、「おかえり！」というペンギンの声に迎えられ、階段を駆け上がり、4ヶ月ぶりくらいに、ゆりねと再会。しっぽを振って出迎えてくれた姿に、涙が出ました。

ペンギンも、とにかく生きてててくれていて、よかった。

大袈裟な表現かもしれませんが、でも本当にそう思いました。命が宿っていて、お互いが生きているということは、本当に素晴らしいことなんだと思います。

その日の夜は、久しぶりに、家族そろって川の字で寝ることができました。

ゆりねは、わたしにとってのパワースポット。そして、ペンギンは空気。

そのことに、痛いくらい、というか、怖いくらい気づいてしまったこの冬でした。


ベルリンも、この冬はいつになく暖冬だったそうです。

そしてもう、春を迎えています。公園に咲いている黄色い花が、まぶしいくらいです。

新型コロナウィルスの影響で、ベルリンも今日から学校など、一斉休校が始まりました。

商店も、お休みしているところがあります。

けれど、圧倒的に日本と違うのは、なんだかみなさん、ウキウキしているというか、元気でパワフルなのです。

子どもたちは、楽しそうに公園で走り回っているし、大人たちも、表情が明るい。

今日は平日のはずなのですが、公園には人がたくさん集まっていて、中にはお相撲さんの着ぐるみを着てふざけている若い女の子の姿もありました。

すでに外のテラス席に座って、日光浴をしている人たちもいます。

きっと、春が来たというタイミングもあるのでしょうね。

町には、うんと開放的な空気が流れていて、改めて、ベルリンの人たちのたくましさを実感しました。

コロナウィルスなんかに、負けないぞー、という気迫というか。

今朝は、時差のせいで午前3時半に目がさめました。

お茶を飲みながら、ぼんやりと前の公園を見ていたら、四本足の生き物が向こうの方へ移動するのが見えました。

犬でもないし、猫でもない。

おそらく、狐だと思います。こんな町の真ん中に、狐がいるなんて驚きでした。

しばらくすると、始発のトラムが走ってきて、中に何人乗っているのか数えたりしました。

今日は暖かいので、窓を開けてこのてがみを書いています。

冬から、春へ。

ぐんぐんと視界に緑が増えていく、躍動感あふれるこの季節を、なぜか再びベルリンで迎えることができていることに、感謝です。

神さま、どうもありがとう！！！

気合　3月23日

日に日に状況が深刻になってきて、一週間前のベルリンの輝きが幻のようになってしまいました。

雰囲気が一気に変わったのは、メルケルさんのテレビ演説があってから。

人々に深刻さが伝わったようで、本当に今まで経験したことがないような事態が起きているのを実感します。

今日あたりから、ほとんどのお店が閉まり、外を歩く人もまばらになりました。

徹底ぶりは、日本とは比較にならないほど。やる時はやる、というドイツ人の気質を大いに見せつけられました。

この誰もいない光景は、一見クリスマスの日に近いけれど、似て非なるもの。

人々の心から醸(かも)し出される平和な雰囲気とは真逆の、重苦しい空気が張り詰めています。

しかもそれが、いつまで続くのかわからないという漠然とした不安は、はかりしれません。

何よりも恐ろしく感じるのは地下鉄で、人が乗っていないし、治安が悪くなっているのを肌で感じます。

警察官も、至るところでパトロールしていますし。

そんな中でペンギンとゆりねに会えたのは、不幸中の幸いだったかもしれません。

ペンギンの体調のことを考えても、予定を早めて正解でした。少しは、役に立ったんじゃないかと思います。

今日は、ペンギンを見送りにテーゲル空港に行ってきました。

いつも通り、オニギラーズを作ってあげました。

こんな状況下で離れ離れになるのはものすごく不安ですが、こんな時だからこそ、気を引きしめて、気合で乗り切らなきゃと思っています。

今日からは、わたしがゆりねを守らなくてはいけません。

それにしても、メルケルさんの演説、日本語訳を読みましたが、冷静さの中にも人々への愛があふれていて、素晴らしいリーダーだなぁ、と改めて思いました。

3月11日の東日本大震災の時もそうでしたが、日常というのは、失ってみて初めて、ありがたみが身にしみますね。

つまらない日常　4月7日

先々週、急きょ、ゆりねも連れて帰国しました。

ペンギンをベルリンから送り出したのも束の間、予定通りこのままベルリンにとどまると今度は自分が日本に帰国できなくなる可能性が濃厚になると判断しました。

なんとかゆりねもいっしょに帰れるように、有能な友人たちの力をかりて、時間的にはぎりぎりのタイミングで、帰国の途につくことができました。

助けてくれた友人たちには、本当に感謝の気持ちでいっぱいです。

当初の予定では2ヶ月くらいベルリンにいるつもりでしたが、結局、滞在したのはほんの2週間足らず。きっとわたしは、ペンギンとゆりねをベルリンから救出すべく、ベルリンに派遣されたような気がしてなりません。

なんとか、任務を果たすことができました。

帰国早々、ペンギンがAmazonで注文したぶら下がり健康器具を、半ベソをかきながら組み立てました。

多分、というか間違いなく、わたしがそれをしなかったら、ずーっと、半永久的に組み立てられないまま、箱にしまわれていたと思うので。

わたしだってこんなことやるの苦手なのになぁ、と幾度も文句を吐きながら、でもちゃんと説明書通りに組み立てられた時は、ちょっとした達成感を味わうことができました。

それで、少しでも体の不調が改善されるなら、お安いご用です。

ペンギンの仕事部屋に通いながら、わたしも時々、ぶら下がっています。

いつか、洗濯物干しにならないことを祈るばかりですが。

殻付きのクルミを箱買いしたら、あまりに殻が硬くてびくともせず悔しい思いをしたり、ゆりねを連れてお散歩に出かけたら、途中から全く歩かなくなって結局わたしが帰りは抱っこで連れて帰るはめになったり、なんだかなぁ、と思うことの連続だけど、そもそも日常って、つまらないものだったな、ということを最近、改めて思いだしました。

そして、緊急事態宣言が出されたりして、ここまで日常生活に影響が出ると、そのつまらない日常が、いかに愛おしくてかけがえのないものであるかを、痛感します。

日常なんて、つまらないくらいがちょうどいいんだな、と思います。

今日、本屋大賞の結果が発表になりました。

『ライオンのおやつ』は、2位でした。

票を入れてくださった書店員の皆さまに、心からの感謝を申し上げます。

『ライオンのおやつ』も、つまらない日常を積み重ねて、積み重ねて、積み重ねて、積み重ねて、その中からようやく誕生した物語です。

どうか、つまらない日常が、いちにちも早くわたしたちの手に戻りますように！

苺のおいしい食し方

4月15日

新聞に、北インドからヒマラヤが見えたという記事が載っていました。都市封鎖によって大気汚染が改善され、数十年ぶりに遠く離れたヒマラヤが見えるようになったというのです。

昨日、ゆりねと散歩をしていたら、富士山がばっちり見えました。もう、そこまで見せちゃっていいの？　ってくらい惜しげもなく披露していて、この時期にそんな姿を見られたことは記憶になかったので、びっくりしました。

やっぱり、人間の経済活動が下火になったことで、ふだんより空気がきれいになって、富士山が見えたのだと思います。

いつもだったら、年の暮れとお正月にしか味わえないような感動でした。

富士山って、見る人を、有無をいわさず荘厳な気持ちにさせてくれるような圧倒的な力が

あるような気がします。

昨日、あんなにきれいに富士山が見えたのは、一昨日、雨がたくさん降ったせいもあるのかもしれません。

胸がずーっと圧迫されているような感覚を払拭（ふっしょく）したくて、今、暮らしの中に気功を取り入れています。

多分、わたしにはとても合っているアプローチ方法だと感じています。

本当は今日からでも教室に通いたいのに、あいにく、気功教室も今はオンライン講座のみ。もしやこの新型コロナウィルスは、世界に5Gを広めるための戦略なんじゃないかと疑いたくなってしまうほど、みなさんが、インターネットの恩恵を受けているんじゃないかしら？

仕方がないので、教室が再開するまでは、気功の本を読んで勉強中です。

その過程で、『からだは星からできている』という本に出会いました。

宇宙創生理論、「ゆらぎ」研究の第一人者、佐治晴夫さんが書かれた本です。

結局、自分という存在は、宇宙全体のひとかけらで、そこにはすべての知恵も含まれており、今は人の形をしているけれど、命が尽きれば、また宇宙全体に吸収される、だから、わたしたちの体も、宇宙の星と同じ要素で成り立っている、というようなことなんじゃないかと理解しました。

要所要所に、金子みすゞさんの詩が出てきたりするのも、置いてけぼりにされなくて、とても読みやすかったです。

宇宙には、芸術も宗教も科学も、すべてが含まれているんですね。

そうそう、ずっと書こうと思って書きそびれていたのが、苺のこと。

自宅待機の要請期間だったこともあり、九州から苺を取り寄せたのですが、その苺が、本当に本当においしくて、感動しました。

そんなに大粒ではなく、でも大事に育てられたんだね、というのが一粒一粒から伝わってきて、香りもすばらしく、まさに春の味。

ずーっと寄り添って香りを吸い込んでいたくなるほどの幸福感を味わうことができました。

苺を、わたしは生クリームといっしょにいただきます。

カロリーが、とか、そういうことは一切気にせず、その時はいかに苺をおいしく成仏させるか、だけを優先させます。

生クリームを泡立てて、苺にたっぷりとのせ、上から蜂蜜を垂らして食べる、これがわたしにとっては最高に幸せな苺の食し方です。

生クリームの白と、苺の赤の組み合わせも、見ているだけで元気になりますよ。

気持ちがふさぎがちになる毎日なので、今は、食べることに重きを置いて暮らしています。

それと、この春はコゴミのおいしい食し方も見つけました。

コゴミは、わたし的にはなんとなく宇宙人を思わせるような山菜なのですが（先っぽがくるくる回っていて、不思議な姿形をしているのです）、今まではお浸しにするくらいしか思いつかないでいました。

それはそれでおいしいのですが、この春初めて、軽く茹でたコゴミを昆布じめにしてみたのです。

そうしたら、昆布の塩気がちょうどよくコゴミに移って、ちょっと気になっていたコゴミ特有の土臭さみたいなものがなくなりました。

今度は、他の山菜でも試してみようと思っています。

焦るとろくなことが起きないので、とにかく今日という一日を、無事に、笑顔で過ごせることを目標にすることを心がけています。

宇宙が、平和でありますように！！！

今は、このことを祈るばかりです。

火星に行く　4月22日

新聞に載っていた辻仁成さんの寄稿がずしんと胸に響いた。

辻さんは、シングルファーザーとして息子さんを育てながら、パリに暮らしている。

思えば、パリは災難続きだ。

テロがあって、ノートル・ダム大聖堂の火災があって、黄色いベスト運動がフランス全土で起き、そして昨年末からは公共交通機関の大規模ストライキ。その間、パリっ子たちは、徒歩で学校や職場へ通うのを余儀なくされた。

もう疲れてヘトヘトだっただろうに、更に新型コロナウィルスの脅威が追い討ちをかける。

ハグやキスで親密な愛情を表現したり、カフェで週末の長い朝食を楽しんだり、家族や友人とレストランで食事を共にしたりという、誰もが当たり前と信じていた日常の営みがことごとく手のひらから奪われた。

それでも、辻さん父子の関係には、崩壊ではなく、真逆の効果が生まれているという。

さすがだな、と感じたのは、辻さんが息子さんに語ったということの言葉。

「この宇宙船は大きなミッションを持って火星に向かっているのだ」

つまり、人類が大きな価値観の変化を求められているということ。

住んでいるアパートは「宇宙船」となり、毎日のジョギングは「宇宙遊泳」、買い物は「船外活動」だという。

こうして父と息子は、宇宙船の中で様々な共同作業を行い、関係性をより深めることに成功した。

それって、本当にすばらしいことだ。

辻さんは、書いている。

いちばん守らなければいけないのは、「生活を失わない」ことだと。

本当にその通りだとわたしも思う。

わたしは今、ペンギンとゆりねと、ひとつ屋根の下、三つの命を並べて暮らしている。

この前代未聞の非常事態に、流れからいったら、三つの命がすべて散り散りになって、それぞれが孤立し、孤独に打ち震えるという可能性だって十分ありえた。

というか、そうなることの方が自然だった。

る。

でも、どういう因果かわからないけれど、そうはならず、いっしょに助け合って生きている。

そしてわたしは、そうなって、本当によかったと思っている。

わたしひとりだったら、この難局を自力で乗り越えることなんて絶対に無理だった。

結局、お互いの足りないところを補い合って生きていくしかないんだなぁ、と、そのことを、この新型コロナウィルスが教えてくれた。

自分にとって必要なものと、そうでないもの。

この数ヶ月間、わたしは有形無形の所有物を自分の中の「ざる」に流し込んで、取捨選択しているのかもしれない。

なるべく物を少なくして生きていこうと思って実践してきたけれど、それでも、人生半世紀近くも生きていると、知らず知らず、荷物が増えていくのもまた事実だ。

必要だ、と信じ切っていたものが実は要らないものだったり、逆にもう必要ないだろうと判断したものに、大切な宝物が隠されていたりする。

今、マンションのゴミ置場には、連日、大量のモノが捨てられている。

少しでも住環境を整えるべく、要るものと要らないものを選別しているのかもしれない。

大袈裟かもしれないけれど、地球に暮らす全人類総出の、断捨離時代到来だ。

火星へ行くってことは、身の回りの装備一式から改めて見直し、そういう状況でも生きていけるように環境を整えるということなんだろう。

辻さんの寄稿を読みながら、そう思った。

そしてわたし自身は、火星に行く準備を全くしていなかったと反省している。

叱咤激励？　5月11日

昨日は母の日だった。

もう直接プレゼントを渡す相手はいないけれど、近所の無人販売所から芍薬（しゃくやく）を買ってきて、それを母のために部屋に飾った。

母のかわりというと変だけど、去年の暮れ、母の妹であるおばに二十数年ぶりに再会し、そこからまたぼちぼち交流が始まっている。

おばは料理が上手で、よく実家にご飯のおかずやおやつを届けてくれた。

今から思うと、わたしに料理を作る楽しさや食べる喜びを教えてくれたのは、このおばさんだったように思う。

おばにはわたしと同い歳の一人息子がいて、春休みや冬休みになると、わたしはそのいとこの家に割と長いホームステイをさせてもらった。

そこでわたしは、ふつうの家の家族の風景や愛情を見たり感じたりした。おば一家が存在しなかったら、わたしの心はもっと違うふうになっていたと思う。

先日おばの家に苺を送ったら、何か山形から送ってほしいものはないかと聞かれ、正直に山菜と答えたら、先週、どっさり山菜が届いた。

おばは去年倒れて、体の自由がきかなくなり、その上新型コロナの影響で一歩も外に出られない生活だという。

それで気晴らしになればと思って、今度は『旅ごはん』を送ったら、今日、おばから電話があった。

おばの体のリハビリに来てくれている方の奥さんがわたしの本を読んでくださっているそうで、おばはその偶然が本当に本当にうれしかったらしく、その方との出会いも含めていろんなエピソードを交え、興奮ぎみに話してくれた。

「へー」とか、「そうなんだー」とか、「良かったねー」とか「ご縁だねぇ」なんて時々適当に相槌を打ちながら、わたしは涙が流れて止まらなくなった。

なんで母には、こんなふうに優しい気持ちで話を聞いてあげられなかったんだろう、という後悔がぐんぐん湧き上がってしまったのだ。

わたしがもっと寛大な心で母を受け入れていれば、お互い、あんなに苦しむことはなかっただろうなぁ、と思った。

おばの話はこんなに優しく聞いてあげられるのに、いざ自分の親となると、それがなかなかできなかった。

ということは、人間関係においても、心地よい距離というか間が大事なんだなぁ、と痛感する。

本当は、実の親子でも、上手に距離を保てれば理想的なのだろうけど。

わたしには、それがなかなかできなかった。

だけど、おばとわたしが親しくすることを一番に喜んでいるのは、母かもしれない。

今日は、郵便受けを開けたら、お習字の先生から分厚い封筒が届いていた。

てっきり、新聞の切り抜きでも入っているのかと思って封を開けたら、便箋の束だった。

先生にも、おばと同じタイミングで『旅ごはん』を送ったのだが、手紙は、その感想だった。

便箋の7枚目の終わりに、「今日はここまで、また続きは明日書く。」と書いてあって、14枚目の手紙の最後は、「切手代が足りるか心配」で結ばれている。

大丈夫、封筒には84円切手が3枚も貼られているから、切手代は十分すぎるくらい足りています。

それにしても、さすがだなぁ。確か去年、80歳になられたのだっけ？

そのまんま、便箋から先生のお声が聞こえてくるようなお手紙だった。

暇で毎日昼からお酒を飲んでいるそうだから、近々、おつまみセットでもお送りしよう。

そういえば昨日の夜、横断歩道を渡ろうとして、わたしは思いっきり転んだ。

どうして転んだのか、自分でも全くわからない。

わたしは、ただふつうに歩いていただけなのだ。

「痛い！」という自分の声が聞こえた時は、すでに大の字に手足を広げて地面にはりついていた。

そばを歩いていた人が、吹き飛んだ傘を拾ってくれた。

わたしはすぐに立ち上がって、そのまま青信号を渡ったけど、自分に起きたことが信じられなくて、笑いそうになった。

あんな派手な転び方をしたのに、ケガらしいケガは、どこにもなかった。

自分でどうして転んだのかがわからないのだ。

まるで、透明な足にさっとひっかけられて転ばされたような。

柔道の技をかけられて、吹き飛ばされたような。

でも、今日になってふと思った。

昨日は母の日だったから、あれはもしかすると、母からわたしへの、ちょっと手荒なギフトかもしれないと。

ぼんやりしていないで、さっさと前に進みなさいという、叱咤激励。

母ならやりかねない。

わたしは、見事にすっ転んで、ちょっと気分がすっきりした。

小さな奇跡　5月18日

待ちに待って、ようやく髪の毛を切りに行ってきた。

わたしの場合、ショートカットなので、理想を言えば、一月に一回は、切りたいところ。

でも今回は、コロナのせいで切りに行くタイミングを逸してしまい、伸び放題になっていた。

それだけで、気分が憂鬱になってしまう。

バスも電車もうまく乗り継ぎ、スイスイと目的地へ。

電車、いつもこのくらいガラガラだったらいいのになぁ、なんてことを思う。

早く着いてしまい、お店の予約まで、30分ほど時間があった。

いつもだったら年上の友人の家に顔を出してお茶でも飲んでから行くのだけど、それも自粛した。

好きなお店もほとんど閉まっているし、ブラブラするにも、行き場がない。

どうしようかなぁ、と思って路地を歩いていたら、小さな古本屋さんが開いていた。

入り口にあるカフェにはよく入るのだけど、その奥に本屋さんがあることは知らなかった。

外の通路に本を並べて売る、青空本屋さんだ。

女性店主が、机に座って店番をしている。

店には、音楽が流れていた。

そうそうそうそう、今聴きたいのは、まさにこの声ですよね！

と、わたしは、そのバンドの曲を選んだ女性店主と、がっちり握手を交わしたいような気持ちになる。

その声を聞いて、一発で誰ってわかるというのは、やっぱりすごいことなんだなぁ。

流れていたのはスピッツで、声の主人は草野マサムネさんだ。

あー、なんでもっと早くそのことに気づかなかったかな。

ものすっごく喉が渇いている時にごくごくと冷たい水を飲むみたいに、心がその声を欲していた。

本を眺めるふりをして、スピッツの曲を聴いた。

スピッツは一曲だけで、あとは違う人の声に変わったら嫌だな、と思っていたけど、次も、その次も、聞こえてくるのは草野マサムネさんの声だった。

なんて幸せなんだろう。

駅に早く着いて、正解だった。

そして、何曲目かで、あの曲が流れた。

この曲、知っているぞ。

そしてサビのところで、ちょっとした奇跡が起きた。

君と出会った奇跡が
この胸にあふれてる
きっと今は自由に 空も飛べるはず
って、何人かのお客さんが、一列になって歌いながら店に入ってきたのだ。

みんなマスク越しに、小さく歌っていた。

もちろん女性店主もわたしも思わず口ずさんでしまい、そこに居合わせた全員が、「だよねぇ」って気持ちで声を合わせた。

歌わずにはいられなくて、そんなささやかなことに喜びを見出せた自分が、愛おしくなる。

声ってすごいなー。音楽ってすごいなー。

魔法みたいに、一瞬で人の心を束ねてしまうのだもの。

その後、わたしは久しぶりに髪の毛を短くしてもらい、気分爽快。

いっそのこと、人生二度目の坊主にしてしまおうかとも思ったけど、あれはあれで結構たいへんだったりもするので、いつも通りの短めどんぐりカットでお願いした。

それにしても、白髪がめっちゃ増えたなぁ！


今日は、かえしがなくなったので蕎麦用のかえしを作り、それから近所の無人販売機で実山椒が売られていたので、その処理にいそしむ。

山椒の実って、ふだんそんなに使うわけじゃないけど、ないと困るもののひとつだ。

特に最近は、出汁を引いた後の昆布で佃煮を炊くことが多いので、これには、どうしても山椒の風味が欲しくなる。

入れるのと入れないのとでは、味の奥行きが全然違ってくるから不思議。

実に残っている茎の部分を外す作業は、細かいので、老眼鏡をかけないとできない。

でも、こういうチマチマした作業、嫌いじゃないというか、結構好きだ。

それを湯がいて、水にさらして、冷凍しておけば、一年間、実山椒に困らなくて済む。


ちなみに山椒は、ミカン科の植物です。

だから、柑橘類と同じ爽やかな香りがする。
よーく見れば、確かに山椒は、小さな小さなレモンみたいな形をしている。
作業しながら、ついつい指先の香りをかいで、いい気分に浸っていた。

山椒を求めて

5月21日

日本に戻ったら、どうしても作りたいと思っていたのが、山椒鍋だ。

この時期にしか味わえない、山椒の芽をたっぷり入れて作る鍋。

ここ数日、肌寒い日が続いているので、明日の晩のお客様に、山椒鍋をお出ししようとひらめいた。

問題は、肝心の山椒の芽が手に入るかだ。

少し前から、近所の無人販売機には実山椒が売られている。

ということは山椒の木があることは間違いない。

それで今朝、お弁当を買いに行ったペンギンに、もし無人販売機に山椒の芽があったら買ってきてほしいとお願いしたら、そこの農家のお母さんがわざわざ庭の山椒の木から芽をつんでくれたという。

でも、鍋にするなら、まだ量が足りない。

それで今度は午後、わたしがもう少し分けてください、とお願いしに行ってみる。

そこは、江戸時代から続く植木屋さんで、広大な敷地にはニワトリがたくさん放し飼いにされている。

畑もあって、野菜も育てている。

以前は、豚も育てていた。

だいたいうちで使っているのはここの有精卵で、すごくおいしい。

近所にこういう場所があると、とても助かるのだ。

さて、昼過ぎに行ってみると、家で留守番をしていたのはお嬢さんだった。

山椒の新芽をいただいた経緯を説明すると、じゃあ、見に行ってみましょう、ということに。

庭の木の方はさっきお母さんが大方つんでしまったらしく、もうほとんどない。

しかも、山椒の新芽は無人販売機に置いてもあまり買う人がいないから、最近はどんどんニワトリの餌にしていたらしい。

ニワトリたち、山椒の芽を喜んで食べるという。

長靴に履き替えたお嬢さんに案内され、敷地の奥の奥へと入っていく。

もう、木がいっぱいでジャングルみたいだ。

姿の美しいニワトリたちが、自由に歩いている。

そこに一本、立派な山椒の木があった。

お嬢さんは、「もうだいぶ葉っぱが硬くなっちゃってるなぁ」と言いつつも、出たばかりの新芽だけを選んで、袋に詰めてくれる。

わたしも一緒になって、柔らかくておいしそうな葉っぱだけを選んで、つみ取った。

「何に使うんですか？」と聞かれたので、山椒鍋の説明をしたら、へぇ、舌がしびれそう、と一言。

お母さん同様、お嬢さんも、百円で山椒の新芽を分けてくれた。

とりあえずは、要の山椒の芽が手に入ったことに、ホッと胸をなでおろす。

それから、自転車をこぎこぎ、お買い物へ。

蓮根、筍、うど、鶏ひき肉、鶏もも肉、湯葉、豆腐、生麩が山椒鍋の材料となる。

まずは、産地直送の八百屋さんに行って、それからお肉屋さんに寄り、最後に買えなかったものだけスーパーで買う計画だ。

そういえば、今年はまだ筍を食べていなかった。

もう旬を過ぎてしまって手に入らないかなぁと半分諦めていたのだけど、八百屋さんで無事に埼玉産を買うことができ、嬉しくなる。

蕨(わらび)や蕗(ふき)もあったので、反射的にカゴの中へ。

蓮根以外の野菜は、その他のものも含めて、一軒目の八百屋さんで揃った。

それからお肉屋さんに行って、ここでもつい他のものも買いつつ、順調に買い物が進む。

最後は、湯葉と生麩などを買うため、スーパーへ。

ところが、お金を払おうとしてお財布を開けたら、お金がない。

ん？　確かに家を出る時、お財布に一万円札を一枚、補充したはずだったのに。

その一万円札が、いつの間にか消えている。

Suicaの残高でも足りず、クレジットカードも持っていないし、さぁ困った。

とりあえず、お金を払えないので別のカウンターに移動し、どうしたものかと考える。

幸い、お財布に銀行のカードが入っていたので、お金を下ろしてくることに。

自転車をこいでＡＴＭに行き、一万円をおろした。

でも、どうも腑に落ちない。

一万円、確かに入れたはずだもの。

千円ならあきらめがつくけれど、一万円だ。

それで、ダメ元でお肉屋さんに戻って聞いてみることにした。

「あのぉ、さっきお店で買い物したんですけど、お金が落ちてませんでしたか？」

お肉屋さんの入り口を開け、控えめに聞いてみる。

どうせないだろう、と思ったし。

ところが、

「一万円、ですよね？」

と若旦那がにんまり。

「持ち主が現れなかったら、僕がもらおうと思ってたのになぁ」

あー、よかった。

だって、一万円ですよ、一万円。

わたしの後に続いて買い物をしたお客さんが拾ってくれて、お店の方に渡してくれたらしい。

何事も、あきらめてはいけませんね。

無事、山椒鍋の材料をゲットし、帰りはるんるんで帰ってきた。

めでたし、めでたし。

白と緑の饗宴　5月25日

最近にわかに「料理脳」が活発化している。

火をつけたのは、山椒鍋だ。とにかく、本当に本当においしかったのだ。

初めて作ったから手探りではあったものの、味はイメージ通りというか、想像をはるかに超えて美味だった。まさに、美しい味。

味だけでなく、目で「愛でる」喜びが大きいのも、山椒鍋の特徴で、材料は、白と緑のものにそろえるというのも洒落ている。

豆腐の白と山椒の緑、うどの白とよもぎ麩の緑、といった具合に、鍋の中で常に白と緑が同居して、それはそれはハッとする美しさだった。

わたしの場合、鍋といっても一気にぐつぐつ煮ることはなく、たいていは2、3種類の具だけを選んで火を通し、少しずつ順番にゆっくり食べる。

最初は昆布出汁と鶏団子からのシンプルな旨味を味わい、そこからじょじょに様々な味が重なって、だんだんと甘みも出て味がまろやかになり、最後は驚くほど芳醇なスープになった。

友人は、ポン酢で食べるようにと教えてくれたけれど、スープだけでちょっとずつ味わう方が、素材の旨味をそのまま堪能できる気がした。

そして、筍とかうどとか、香りの強いものと山椒を合わせることが、この山椒鍋の醍醐味だと思った。

なんだか、食べた後にすっかり体が浄化された。

山椒には、デトックスの効果があるらしいので、冬の間に体にたまった毒素を外に出し、体を中から清めるという意味でも、この季節に食べるのは理にかなっているのかもしれない。

日曜日の朝は、そら豆ご飯を炊いた。

ペンギンが、学校給食用に栽培されたというそら豆を大量に買ってきたので。

そら豆を投入するタイミングは、ご飯を炊いていて、火を強火から弱火に変える時。

一瞬だけパッとふたをあけて、そら豆を入れ、火を通す。

最初から入れてしまうと、そら豆に火が入りすぎてそら豆がぐにゅっとなってしまう。

そら豆ご飯は、この季節によくベルリンで作っていたっけ。

そして昨日は、北海道から届いたアスパラガスを料理する。

アスパラガス、大好きなのだ。

ヨーロッパでは、ホワイトアスパラガスが春の到来を告げる。

むっちむちの、太ももみたいなホワイトアスパラガスを柔らかく茹でて、そこに薄切りのハムをのせて食べるのが、わたしにとってのいちばんのご馳走だった。

去年の今頃も、そんなふうにしてホワイトアスパラガスをもりもり食べていた。

でも今年は、日本にいる。

そして、日本ではグリーンアスパラガスの方が主流だ。

アスパラガスは卵と相性がいいので、昨日は、ポーチドエッグを添えて食べることにした。

フライパンでアスパラガスを少し焦げ目がつくくらいによく焼いて、その上にポーチドエッグをのせる。

味付けは、塩とコショウで十分だけど、足りなかったら、そこにお醤油を少々。

これがまた、すばらしくおいしかったぁ。

久しぶりに、でもないけど、ワインを飲んでしまう。

山椒鍋、そら豆ご飯、グリーンアスパラガスのポーチドエッグのせ。

どれも、白と緑の組み合わせが美しすぎる！

濃厚接触　6月1日

最初ニュースで耳にした時は、なんのことじゃらほい、という感じだったけど、この数ヶ月ですっかり日常会話に溶け込んでいる、濃厚接触。

最初は、キスとかセックスとか、そういうセクシャルなことを指しているのかと想像したけど、注意深く聞いていると、どうもそういうことでもないらしいことがわかってきた。

でも、わたしはいまだに、はっきりとは「濃厚接触」がわかっていないかも。

今朝、ベランダからランドセルを背負った小学生が見えた。

当たり前の光景のはずなのに、とても久しぶり。

キャバクラのお客さんがフェイスシールドをしてお酒を飲む姿や、学校の子どもたちが皆フェイスシールドをして授業を受けている姿、飲食店でビニールの幕ごしに食事をしている若い男女やらを見て、笑っちゃいけないんだろうけど、なんだかなぁ。いたたまれない気持ちになってしまう。

「新しい生活様式」なるものまで発表されて、そうか、食事をする時は対面ではなくて横並びなのかぁ、とか、なるべくおしゃべりをせずに黙々と食べるのかぁ、といちいち驚くことばかり。

もちろん、ウィルスを広げないためにはそれが大事なのはわかるけれど、それじゃあ、感染はしないけれど、人として大事なことが失われて、別の面で疲弊するのではないか、と思ってしまう。

そもそも、人と人とのつながりとして大事なのは、濃厚接触なわけだし。

この先は、お茶会の濃茶（こいちゃ）とかも、なくなるのかな？

オンラインのお茶会なんて、全然楽しくなさそうだけど。

ひとつのお茶碗をみんなで回し飲みする濃茶席なんて、今の世の中じゃ、NG中のNGになってしまう。

だけど、ものすごーく長い歴史のある茶道が、そう簡単に方向転換できるのだろうか？

様々な場面をオンラインに切り替えていくってことは、長い目で見たら、人間の、生き物としての五感が鈍くなって、本能が退化していきそうな気がする。

わたしたち大人はまだいいにしても、多感な子どもたちは、ついこの間まで手をつなぎましょうとか言われていたのに、今は人と人との距離をとりなさい、人に近づいてはいけません、と教えられる。

人との距離を狭めることに臆病になって、誰かに近づいたり触れたりすることに抵抗を感じるようになったりしないのだろうか？

この先、恋愛の形すら変容していきそうで、ちょっと怖い。

日常を取り戻しつつあるけれど、その日常は、もはや以前の日常とは質が違うのだな、と思うと切なくなる。

わたしの場合は、もともとがステイホームで、基本的には家にいる暮らしだけど、それでも、やっぱり何かが違うのだ。自粛期間中は、なんだかすごく息苦しかった。

今日、スーパーに行ったら新生姜があったので、ガリを作った。

梅干しにする梅も届いて、今は追熟させている。

6月は、保存食作り月間。

せっかく日本にいるのだから、今しかできないことを、思いっきり楽しまなくちゃ！

ららら梅仕事

6月3日

朝起きてリビングに行き、日ごとに梅の香りが膨らんでいると嬉しくなる。

ぽわんとした、少しの毒気も含まない、100%天然の純粋無垢な香り。

自分に子どもがいたら、「梅」ちゃんなんていう名前でも、かわいかっただろうなぁと思う。

青梅の状態で届き、家で追熟させていたのだけど、なかなか黄色くならないので、昨日はお布団（布）をかけて休ませてみた。

そしたら、追熟の速度が少し加速し、黄色味を増していた。

香りも確実に強くなって、実自体が透き通るような質感になっている。

梅の実は、そこにあるだけでわたしを幸福にしてくれる。

この季節日本にいないことが続いたので、久しぶりの梅仕事だ。

海外にいると、保存食作りがあまりできないので淋しかった。

ベルリンで梅の実が手に入ったらどんなに狂喜乱舞したかと想像するけど、梅に関してはついぞ見なかったなぁ。

桜の木は結構あるのに、梅の木はないなんて不思議だけど。

以前は、大量の梅の実を、一気に漬けていた。

でもそれだと、大きな容器が必要だったり、作業するにも時間がかかった。

大量に漬け込むと、カビが出た場合に無駄にしてしまう量も多くなる。

それで今年からは、味噌同様に、小分けにして漬けてみることにした。

第一、追熟するにしても、梅の実だってひとつひとつ、熟す速さが違う。

だから、早く熟した子たちをひとつのグループにし、何回かに分けて漬けた方が理にかなっている。

その方が、一日の空いた時間にパパッと作れるし。

ドイツで暮らしてから、とにかく効率というものを、最優先するようになった。

分けて漬けた方が、なにかと効率がいいのである。

早く追熟のできた第一グループを1キロ分選別し、おへそのゴマ（なり口の小さいヘタ）を取り、水で軽く洗って、半日ほど外で自然乾燥させる。

それを、塩と合わせ、ジッパー付きの保存袋に入れ、梅酢が上がるのを待つ。

カビが出ないように、ペンギンが飲まなくなった焼酎（キンミヤ）をスプレーのボトルに入れ、それを全体におまじないのようにシュッシュッしながら作業する。

1キロ分だけなので、作業は呆気なくものの数分で終了。

ちょっと物足りないくらいだった。

それにしても、今日は暑い。夏日かな？

作業を終えてから、台所の一角に長らく置いてあった梅の漬かった保存瓶を開けてみる。

氷で割って飲んでみると、梅酒だった。

梅酒にしろ、梅ジュースにしろ、わたしは作ることで満足してしまい、なかなか消費が進まない。

だから、琥珀(こはく)色の液体を入れた保存瓶だけが溜まっていく。

わが家には、レミーマルタンで漬けた20年物の梅酒とかが、ゴロゴロしている。

これを、なんとかしなくてはいけないのだけど、なかなか前に進まない。

梅酒のアルコール度数が結構強くて、ほろ酔いになった。

まだ夕方の4時前なのに、頭がふわふわになっている。

商店街　6月8日

ちょこちょこと買い物をするたびにもらえる、商店街のスタンプ。

そういえば、ポイントカードとかスタンプとかって、ドイツにはなかった文化だなぁ。

だから、商店街でスタンプをもらうたび、あー、日本にいるんだなぁ、としみじみ感じる。

ベルリンにいた時は、週に何回か広場に立つマルクトが楽しみだったけど、それに代わるものが商店街だ。

Aという商店街とBという商店街、それにたまーに行くCという商店街があって、そのどこでもスタンプがもらえるから、スタンプはまとめて缶にとってある。

それを定期的に整理して、スタンプ台に貼って使っていたのだが、ここ3年ほど、その作業を怠っていた。それでスタンプが、たまりまくっていた。

ようやく重い腰をあげてスタンプ整理に乗り出すも、悔しいことに、すでに有効期限が切れているものも結構ある。なんてこった。

中には、2020年3月末が有効期限のものもあって、悔しくて悔しくて仕方がない。

もう少し早くこの作業をやっていたら、無駄にせずに済んだのに。

シール式のは台紙に貼るのが楽なのだけど、そうでないと、自分で糊で貼らなきゃいけない。

でも、このちまちました作業も、次第に楽しくなってくる。

今回はかなりたまっているので、いろいろ使えるぞ。

いっぱいになった台紙は、500円分のお買い物ができる他、天然温泉一回分と交換できたり、映画のチケットとして使えたりする。

最近、自転車に乗るようになってから、商店街に行く回数がぐーんと増えた。

今まで、素通りしていたお店も随分ある。

沢庵屋さんもそのひとつで、本来は、というか基本的には魚屋さんなのだけど、そこでなぜか沢庵が売られていて、それが驚くほどおいしい。

一本900円もするから、決してお安くはないのだけど、沢庵らしい沢庵というか、まがい物が何も入っていない純粋無垢な沢庵というか、とにかく切ったそばからどんどんなくなっていく。

どんどんなくなるから、またすぐに買いに行く。

ちなみに、そこの沢庵（魚）屋さんでは、植木なんかも売っている。

週末は、商店街にある開店前のカフェで、ヨガのレッスンを受けた。

以前も通っていたのだけど、ここ数年は行ってなかった。

カフェの窓を全開にして、心地いい風を感じながら、じっくりと体を伸ばしたり、縮めたり。

あー、やっぱりヨガは気持ちいい。

緊急事態宣言が出されていた間も教室はやっていたそうなので、だったらわたしも気分転換に参加すればよかった。

そろそろ梅酢が上がってきたので、昨日は赤紫蘇を買ってきて、塩もみしたものを追加する。

ぎゅっ、ぎゅっ、と力いっぱい塩でもんでいると、赤紫蘇からはびっくりするくらい紫色の汁が出てくる。こんなにも鮮やかな色が、自然の色だなんて、ちょっと信じがたいけれど。

同じことは、ビーツの派手なピンク色にも感じる。

それにしても、梅酢の上がった梅からは、甘くていい香りがする。どこまでが梅で、どこからが梅干しになるのか定かではないけれど、見事に黄色くなった梅からは、もはや青梅時代の初々しさは感じない。

塩だけで、こんなに変化するんだから、すごいなぁ。

残った梅酢でらっきょうを漬け、無駄なく使いきる計画だ。

胡瓜のサラダ　6月12日

だんだん暑くなってくるに従い、おかずが簡素化してきました。

サラダは、胡瓜(きゅうり)一本があれば、簡単にできます。

これまで、胡瓜は野菜の中での立ち位置がちょっと下の方に置かれていたのですが、このサラダを作るようになってから、胡瓜への見方が変わりました。

作り方は、とても簡単です。

まず、胡瓜一本を斜め薄切りにし、それをお皿に並べます。

時間があれば、この段階で冷蔵庫で冷やしておきます。

食べる直前に、にんにく塩と、コショウ、ゆず酢（ゆずの絞り汁）、オリーブオイルで味付けします。

にんにく塩がなければ、塩とすりおろしたにんにくで代用できますし、ゆず酢がなければ、

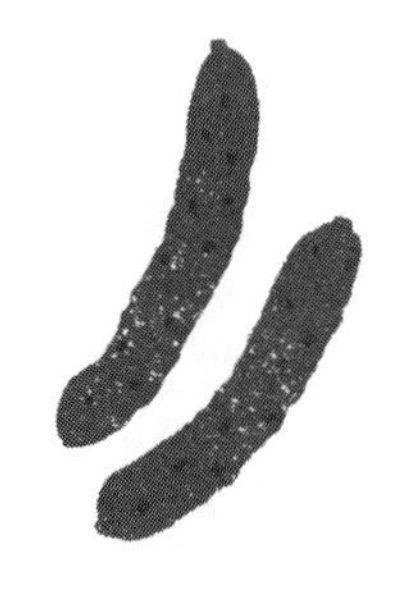

レモン汁をかけてもおいしいです。
見た目も涼やかな、さっぱりとした夏向きのサラダです。
ぜひ、作ってみてください！

6歳

6月23日

ようやく雨が上がり、朝、ゆりねを連れてお散歩へ。

今日で、ゆりねは6歳になった。

人間の年齢の感覚でいうと、わたしと同年代くらいか。

まだまだ子犬みたいな気持ちでいるけれど、これからはどんどん、わたしの先を行ってしまう。

犬の成長は早いというけれど、犬といる時間は本当にあっという間だ。

嫌がるけれど頑張って歯磨きも続けているのに、ゆりねは先日、歯が抜けた。

ちょうど動物病院に行く用事があったので先生に診てもらったら、下にもグラグラして抜けそうになっている歯があるという。

この年齢にしては早いですね、と言われてしょんぼり。

ゆりねは食いしん坊だから、おばあちゃんになっても自分の歯でおいしくゴハンが食べられるように、と思い、実際そう声をかけながら歯磨きをしてきたのに。

何がいけなかったのだろう。

犬の歯に入れ歯とかインプラントなんてないだろうから、もしも全部歯が抜けちゃったらなどと怖い想像を巡らせては、ブルーになっている今日この頃。

子育てとかって、きっとこういうことの連続なのだろうな。


それにしても、紫陽花（あじさい）がきれいだった。

特に雨上がりの紫陽花は、宝石みたいにキラキラしている。

今日は、アパートの中庭で咲くブーゲンビリアも見事だった。

夏だなぁ。

よく考えると、この時期を日本で過ごすのが本当に久しぶりなのだ。

だから、田植えを終えた田んぼとか、お茶畑とか見ると、いちいち外国人みたいに、ワォウと感嘆の声を上げたくなる。

先週末は、水のきれいな場所に行ってきた。

6歳になったゆりねとの、朝の散歩はことのほか気持ち良かった。

それなのに、それなのに。

もうすぐ家に着く、というタイミングで、いきなり後ろから怒鳴られる。

「通るぞ！」

びっくりして振り返ると、競輪選手のような格好をしたサングラス姿の男性が、ものすごいスピードで自転車を飛ばして走り去った。

ふざけんなよ！　と思ったわたし。

まず、通るぞ！　と怒鳴るのではなく、通ります、と声をかけるとか、自転車の速度を落として控えめにベルを鳴らすのがルールだろ!!

しかも、ここは子どもやお年寄りも歩く道幅の狭い生活道路だ。

こういう時、結構わたしは喧嘩っ早いのです。

それで、横にいるペンギンが、よく冷や冷やしている。

小石にでもつまずいで転んでしまえ、と心の中で毒づく自分がいました。

なんだかなぁ。

あんな自転車にゆりねがひかれでもしたらと思うと、腹立たしくて仕方がない。

暑気払い

7月2日

まるで台風一過のような空。

今日は久しぶりに青空が広がっている。

ベルリンで夏を過ごす時、恋しくなるのは冷やし中華だった。

一応、それらしきものも売られているのだが、どうも躊躇(ためら)いの方が大きくなって、手が伸びずにいた。

温かいスープで出すおいしいラーメン屋さんは数あれど、麺を冷たくした冷やし中華には、お目にかかったことがない。

それで日本にいる今年は、ここぞとばかりに冷やし中華を作っている。

そもそものきっかけは、自分でタレが作れるようになったこと。

それまでは、麺とセットで売られている市販のタレを使っていた。

でも、色々と試行錯誤してみたら、案外簡単に自宅でもタレを作れることがわかったのだ。

材料は、昆布かつお出汁と、甘酢、柚子酢、蜂蜜、塩、そして胡麻油である。

分量をまとめればもっと簡単に作れるようになるとわかってはいるのだけど、どうもそういうのが苦手で、いつも適当に作ってしまう。

適当に作るから、毎回微妙に味が違う。

違うけれど、毎回ちゃんとおいしくなる。


こんなに頻繁に家で冷やし中華を作れるようになった理由は、もうひとつある。

おいしい細麺が手に入るようになったのだ。

しかも、行きつけのラーメン屋さんの自家製麺である。

突破口を開いたのは、社交家のペンギンだった。

ダメもとで麺だけ分けてもらえないかと直訴したところ、店主が快く麺を分けてくれるようになったのである。

しかも、ものすごく安い値段で。

麺を買いに行くたびに、申し訳ない気持ちになる。

麺は太麺と細麺があり、太麺は焼きそばに、細麺は冷やし中華に適している。

極端な話、具は胡瓜だけでもいいくらいなのだ。

いろんな具材があればあったでおいしいけれど、冷やし中華好きとしては、細切りにした胡瓜だけでも満足できる。

今日は、少し贅沢に、胡瓜、トマト、茗荷(みょうが)、錦糸卵、それに蒸し鶏とハムをのせてみた。

これから暑くなるから、冷やし中華は、毎日でも食べたい。


冷やし中華に並び、暑さ対策として始めたのが、銭湯通いだ。

以前も通っていたのだが、ここ数年はお休みしていたのだった。

暑い時に、もっと暑いところに行って汗を流すと暑気払いになることを教えてくれたのは、ベルリンで行くようになったサウナである。

サウナもお風呂も、寒い季節のお楽しみと思ったら大間違いで、わたしは夏のサウナも大好きだ。

今日は気温が30度をこえて暑くなりそうだ、という日は、どうせ家にいたって何もできないのだから、さっさとサウナに行ってしまう。

サウナの中の温度から較べれば、たとえ外の気温が30度あろうが、涼しく感じる。

温度の感覚がわからなくなり、気持ちよく汗を流せるのである。

日本には、サウナの代わりとなる温泉がある。
夕方、自転車のカゴにお風呂道具を詰め、さくっと出かけ、汗を流す。
どんなに暑い日でも、外の露天風呂で風に当たると、涼しく感じる。
最近はあまり長居をせず、だいたい一時間くらいで帰ってくる。
今日もこれから、銭湯へ。
昨日、一昨日と雨で行けなかったので、久しぶりの温泉が嬉しい。

暑気払い2

7月20日

昨日のお昼過ぎから、いよいよ蟬が鳴き始めた。
数年ぶりに耳にする蟬の声だ。
今朝、ゆりねと散歩に行っても、夏の匂いがするのを感じた。
ヨーロッパの夏とは、明らかに違う匂い。
なんとなく空気が柔らかくて、ふかふかしている。
子どもの頃の夏を思い出した。

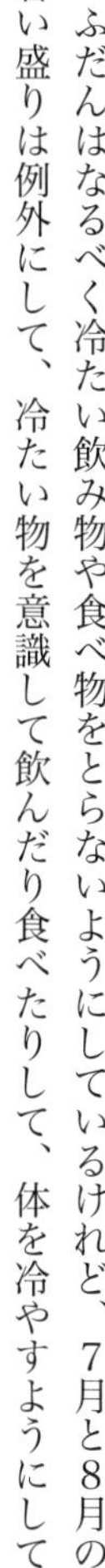

ふだんはなるべく冷たい飲み物や食べ物をとらないようにしているけれど、7月と8月の暑い盛りは例外にして、冷たい物を意識して飲んだり食べたりして、体を冷やすようにしている。

夏のデザートの定番は寒天で、寒天を固めて、それに、小豆と黒蜜ときな粉をかけて食べる。

ちなみに、小豆と黒蜜も手作りだ。

これを食べると、体がひんやりする。

コーヒーゼリーも、夏の定番としてよく作る。

いつも飲むコーヒーより気持ち濃いめにコーヒーを淹れ、そこに粉ゼラチンを溶かして、あとは冷蔵庫で冷やすだけ。

わたしは、ほぼ液体に近いくらいの、ごくごくゆるーいゼリーが好き。

食べるときは、これに牛乳と蜂蜜をかける。

これも、食べると体がひんやりする。


冷やし中華だけでなく、うどんも、蕎麦も、この時期は冷たいのをよく食べる。

よく作るのはぶっかけで、生姜とか茗荷とか紫蘇とか胡瓜とか、とにかく冷蔵庫にある薬味などをざっくりとのせ、出汁に少し塩や醤油で味をつけたものをかけて食べる。

冷たくしておいた豚しゃぶとか鶏のささみなんかをのせれば、立派な晩ご飯になる。

あとは、水出し中国茶。

水出し緑茶もいいけれど、わたしは夏だけ、冷たく冷やした中国茶を飲むようにしている。

暑いのがものすごーく苦手なわたしは、久しぶりに日本で夏を迎えるということで、戦々恐々としている。

だから夜のうちに下ごしらえをしたり、元気がある時にちょこちょこと用意をしておいて、なるべく暑い盛りに台所に立たなくてもいいように工夫している。

今日も、夕方になったら自転車でサクッとお風呂に行き、帰ったら冷たいビールを飲もう。

おなべさま

8月2日

昨夜は、久しぶりに月を見た気がする。

関東もようやく梅雨が明けた。

青空の下に洗濯物が干せる幸せを、今、存分に噛みしめている。

さっき、修理に出していた鍋が戻ってきた。

持ち手のネジが緩んでしまい、ガタガタになっていた。

こういう時、作り手のわかるお店で買うと、作った本人に修理をお願いできるから頼もしい。

数年来、わたしが愛用している銅の片手鍋だ。

大きさは、大、中、小とあり、わたしは勝手におなべ三姉妹と呼んでいる。

しかも、今、わたしの台所には、訳あって、その三姉妹が二組揃っている。

買った時期が違うので、新顔の三姉妹は若々しく、長くいる三姉妹はかなり年季が入っている。

今回、修理をお願いしたのは、古株三姉妹の、真ん中。

大きさもちょうどよく、特によく手にするので、過酷な労働に耐えられなくなったのかもしれない。

おなべを買ったお店に相談したら、すぐに作り手の方に連絡してくださり、あれよあれよという早さで帰ってきた。

戻ってきた箱を開けて、びーっくり！

だって、ほとんど新品と言っていいほどの若返りぶりなのだ。

ガタついていた持ち手がしっかり固定されているのはもちろんのこと、鍋の内側には錫がかけられ、色がくすんでいた外側も、ピッカピカに磨かれている。

職人さんの心意気を感じずにはいられない。

元は確かに、ある程度のお値段がしたけれど、こうしてしっかりアフターケアをしてくれることを思うと、決してお高いとは思わない。

こんなふうにおなべがよみがえるなら、本当に一生使うことができる。

ちなみにこのおなべの木の持ち手は、間伐材を再利用したもので、すごく握りやすい。

あー、修理をお願いして、本当に良かった！

なべ、なんて呼び捨てにするのが申し訳ないくらい、すごい存在感を放っている。

だから、おなべさまと呼ばせていただく。

決して洗うのを怠っていたわけではないのだけど、いかに綺麗に磨いてくださったかが、よーくわかる。


最近、わたしはお湯を沸かすのにも、銅のヤカンを使っている。

以前は、鉄瓶を使っていた。

でも、銅の方が、断然、熱伝導が早いことに気づいた。

もちろん、鉄瓶には鉄瓶の良さがあるのだけれど、こと「効率」という目で見ると、わたしは銅のヤカンに一票を投じたい。

とにかく、本当にすぐにお湯が沸くのでありがたい。

ヤカンの方も、いつかピカピカに磨いてもらおう。


ところで、オリンピック、どうするんでしょうね？

日本国内のコロナすら収束どころか、ますます広がっているのに、あと一年後、世界中でこの問題が解決するためには、よっぽど何か劇的なことが起きないと、という気がする。

観客を日本人だけに絞って、という案もあるようだけど、そうでなくても開催国が有利なのに、応援する観客が日本人だけになったら、ますます日本がメダルラッシュになり、わーい、日本人はすごい、最高だ、と内輪だけで大喜びして、果たして本当にそれでやる意味があるのだろうか。

虚しくは、ならないだろうか。

そういう姿を見て、世界の人たちは日本人をどう思うのだろう。

参加できない国だって、出てくるだろうし。

世界中がこういう状況に置かれると、その国の政治レベルや、リーダーの力量が、如実に反映されるような気がする。

一年後、果たして日本は、世界は、どうなっているんでしょうね？

土用干し　8月6日

梅雨明けを待ちわびていたのは、梅干しの続きをしたいからだった。
ようやく今週から、ベランダに梅を広げて、土用干しを始めている。
そんなわけで、わたしは今日も梅干しの番人。
もしも急な夕立でもあろうものなら、素早く中に取り入れなくてはいけない。

風が吹くたびに、ベランダから酸っぱい香りが運ばれてくる。
爽やかな、いい香りだなぁ。
実家にも一本、梅の木があって、夏になると祖母が毎年梅干しを漬けていた。
だから梅干しの香りを吸い込むと、懐かしい気持ちになる。

久しぶりの梅干し作りなので少々不安ではあったものの、今のところカビも出ず、順調な仕上がりだ。

このまま土用干しが無事に終われば、状態は更に安定する。

何年も、場合によっては何十年も経った梅干しは、更にパワーが増して、最強になると聞いたことがある。

海外に行く時、梅干しを2、3粒スーツケースに入れて持っていけば、何かあった時のお守りにもなるし。

日本人にとっては、本当にありがたい存在だ。

一日に2回ほど、実を優しくもみもみしながら、上下をひっくり返して、まんべんなくお日様の光を当てる。

梅の実は、ふっくらとしてふくよかな子もいれば、ほどよく水分が抜けて、これぞ梅干し！　と言える子まで様々で、どの子も本当に愛おしくてたまらない。

今回は、いろんな梅を買ったり、取り寄せたりして漬けたのだけど、それぞれにそれぞれの良さがある。

以前は、大粒の南高梅にこだわっていた。

でも、歳を重ねるにつれ、粒の小さい梅干しの方が、何かと重宝するな、と思うようになったのだ。

大粒のは見た目は立派でいいのだけど、実際に使うとなると、小さい方が気軽に使える。

本当は今年、小粒の梅で漬けたかったのだけど、いざ漬けようとしたら小粒はどこも売り切れになっていた。

だから今年は、一気に5キロとかを漬けるのは大変なので、スーパーで1キロ、近所の無人販売機でまた1キロ、取り寄せで1キロ、という具合に、時間差で漬けたのだった。

まだ味見はしていない。

どんな味に仕上がっているか、怖いような、ちょっと楽しみなような、複雑な心境だ。

正義感

8月18日

久しぶりに映画館に行って、映画を見てきた。

小さな映画館なのに、更にコロナの影響で席を半分に減らしたせいで、数えるほどしか客がいない。

見たのは、『ジョーンの秘密』。

イギリスでの実話に基づいて作られた作品だ。

ジュディ・デンチが演じるジョーンは、イギリスの片田舎のどこにでもいそうな善良そうなおばあちゃん。彼女は夫亡き後、郊外の一軒家でひとり、静かに暮らしていた。

そんな彼女が、2000年5月、いきなりスパイ容疑で逮捕される。

旧ソ連のKGBに核開発の機密情報を漏らしたとして告発されたのだ。

ジョーンは、ケンブリッジ大学で物理学を学んだ。

成績が優秀だった彼女は、その後、秘密裏に核兵器の開発をする機関の事務員として採用される。

そして、その情報を、学生時代に共産主義の会で知り合ったロシア系ユダヤ人の恋人に渡していたというのだ。

映画を見に行ったのは、ちょうど8月15日で、広島と長崎に落とされた原爆が、ジョーンの気持ちに大きな影響を与え、結果としてソ連に原爆の情報を渡す行為へと促したのがわかる。

映画の最後、彼女は自宅前で自分を責める記者たちに対してスピーチをするのだが、その内容がとても印象的だった。

彼女は、平和を実現するために、原爆の情報を旧ソ連に渡したと主張したのだ。

西側と東側が同じ情報を持ち、知識のレベルが同等になることで、原爆による犠牲者をなくすことができる、と。

彼女をスパイ行為に駆り立てたのは、純粋な正義感だった。

ジョーンは、核兵器開発の陣頭指揮をとっていたマックス・デイヴィス教授と結婚したが、このふたりが世界に与えた影響を想像すると、計り知れない。

夫は原爆を開発し、妻はその情報を旧ソ連に流し、東西の冷戦時代を迎えるに至ったのだから。

恋愛の初々しさ、戦争の不条理など、様々な文が幾重にも折り重なって、少しも間延びしたところがなく、スクリーンから一瞬も目を離すことができない緊張感のある映画だった。

主人公のモデルとなったメリタ・ノーウッドは、生前、こんなふうに語っていたという。

「私はお金が欲しかったのではない。私はソ連が西側と対等な足場に立つことを望んでいたのだ」

それにしても、現実に目を転じれば、コロナ禍が日々の暮らしの至るところに忍び寄っている。

感染者数の増加やら経済の悪化やら、心を痛める要素はたくさんあるけれど、わたしが今一番気になるのは、自粛警察とかマスク警察、はたまた帰省警察などという、そういう部類の行為だなぁ。

もちろん、用心するに越したことはないし、明らかに度を越した不注意で感染を広めるというのは良くないと思うけれど、どんなに気をつけていたってかかってしまう時はかかってしまうし、誰もが、自分は絶対にかからない、とは言い切れない。

それなのに、東京から帰省した人に対して嫌がらせをしたり、かかってしまった人に対して誹謗中傷したりするのは、はっきり言って稚拙すぎる。

そして、そういう行動をしている人たちを駆り立てているのが正義感だというのが、本当に困ったものだと思う。

けれど、あまりに真面目すぎると、他人が許せなくなり、自分と同じ行動をとらない相手を非難したり攻撃したりという行動に、出やすくなってしまう。

ホロコーストだって、そういう間違った正義感みたいなものが積み重なって生まれたのかもしれない。

ドイツ人にしろ日本人にしろ、きっと、平均的な他の人種から比べると、規範を重んじる性格で、真面目なんだろう。

自分たちが、あるひとつの方向に流れやすい性格だということは、自覚していて損することはないと思う。

ドイツは戦後、そういうことを徹底的に反省して、今の環境を作り上げた。

だから、自分の自由と相手の自由を同じように尊重する。

でも、日本はそこのところをうやむやにしてきて、今に至る。

わたしは、今、世の中にはびこっているなんとか警察というのが、本当に恐ろしいと感じている。

ある意味、コロナよりも怖いなぁ、と。
正義感も、一歩間違えると、凶暴な武器になるということ。
そのことを、自分自身が、肝に銘じていようと思った。
今朝も、朝の5時半にゆりねとお散歩。
道々に、蟬の亡骸が転がっている。

オスというもの　8月24日

友人のオカズ夫妻から新しい家族を迎えることにしたので、お披露目しに行きます、と連絡が来たのが先月の初めだった。

去年の暮れ、愛犬のそら豆が天国に旅立ってしまった。

そら豆は、家族同然というか、家族そのものだったから、ふたりの悲しみが如何程だったか、容易に想像がつく。

一緒に暮らしていた犬や猫を亡くすと、こんなに悲しい思いはもう二度としたくないという理由で、その後、一切飼わなくなる人もいる。

ふたりはどうするんだろう、と静かに見守っていたら、新しい犬を迎えたとの知らせ。

会うまで、犬種も色も何も聞かないでおこうと思ったのだけど、わが家に連れてくる日の朝、ふと「もしかして名前は黒豆かな?」とメールしたら、一発で当たってしまった。

「豆」繋がりで来るだろう、という読みが的中した。

そして、先代の犬とあんまり似たような子は選ばないだろうという予感がしたのだ。

ちなみに、下に豆がつく名前だって、とペンギンに話したら、最初に挙げたのが「枝豆」、ブブーと言って、お正月に食べる物だとヒントを加えたら、次に挙げたのが「ごまめ」だった。

どっちも、犬の名前としてはユニークすぎる。

生後3ヶ月ちょっとの黒豆は、落ち着くということを全く知らない様子で、常に走り回っていた。

そら豆もゆりねもメスで、おっとりしたマイペースな性格だから、それから比べると、オスはシンプルというか、単純明快というか。

まだその若さなのに、ゆりねに乗って腰を振ろうと何度も何度もチャレンジしていた。

その時から比べると、だいぶ身体が大きくなっていた。

今、ゆりねとちょうど同じくらい。

完全に白黒コンビで、オセロみたいだ。

しかも黒豆とゆりね、どっちもお正月に食べる縁起物でおめでたい。

ゆりねは基本的に社交的で、犬も人も大好きなのだけど、昨日はさすがに黒豆からしつこくつきまとわれて、うーっと怒っていた。

滅多に吠えることのないゆりねが、犬生で何度目かにピシャリと吠えたから、よっぽど腹を立てたのだろう。

黒豆の性欲は、前回から更にパワーアップし、とにかくゆりねに乗ろうとする。

どんなに注意されてもすぐに腰を振ろうとするので、半分は、ケージに入れられていた。

それでも、ケージの扉が開かれた瞬間、ゆりねに突進してくる。

オスってすごいなぁ、とただただ感心した。

性欲、しか無い。

黒豆にちなんで、昨日は黒豆と胡瓜のサラダを作った。

あとは、揚げ春巻きと、ペンギンのニンニク炒飯、わたしの冷やし中華。

デザートは、わが家のコーヒーゼリーと、オカズさんのチーズケーキ。

お昼の宴も、なんだか良いなぁ。

ペンギンは、ニンニク炒飯の出来が今ひとつだったらしく、いまだにメソメソしているけど。


今日は、読者の方から頂いたお手紙に目を通した。

一通一通が、胸に染みる。

時期的に、コロナの自粛期間にわたしの本と出会ったという方も多かった。

そんな時に時間を共にすることができて、わたしもすごく嬉しい。

お手紙を書いて送ってくださった皆さま、本当に本当にありがとうございます。

わたしの心の、一番の栄養です。


その中に、愛猫を亡くして、ペットロスで悩まれている方がいた。

もうすぐ一年になるという。

自分のことのように、胸に迫る内容だった。

彼女は、保護猫を救う活動もされていて、でも娘同然だった愛猫を救うことができなくて悔やまれていた。


わたしの作品の大半を韓国語に訳してくださっているナミさんからも、つい先日、愛犬のナムちゃんが天国へ旅立ったという内容のメールがきた。

わたしにもいつか、ゆりねとのお別れの日が来るだろう。

どんなに覚悟をしていても、その時にならないと、自分がどうなってしまうのかわからない。

大好きで大好きで、ずーっと一緒にいたいけれど、命あるものとは、必ず大きな別れの時が来る。

悲しまないように愛情を薄めることなんてできないから、もうドカンと体当たりでぶつかっていくしかない。


ペットロスで悲しみに暮れる人に即効薬みたいな魔法の言葉はないけれど、もしかすると、それは時間だけが、解決する可能性を秘めているのかもしれない。

『天然生活』のエッセイにも書いたけれど、「時薬」という言葉は、言い得て妙だなぁ。

わたしにも、時間のお薬にお任せするしかない課題が、幾つもある。

コロナをきっかけに犬を迎えた家も多いようで、ゆりねを連れて歩いていると、最近、生後数ヶ月の子犬ちゃんに遭遇することが多い。

と同時に、15歳とかの、おじいちゃん犬、おばあちゃん犬に出会うことも多くなった。

みんな長生きしてね、って思う。

黒豆は、どんな犬に成長するのかな？

もも、もも、もも　9月5日

山形から、3種類の桃が届いた。

一つは黄桃、一つは柔らかくならず硬いまま食べるハードタイプ、一つは熟すと柔らかくなるタイプ。

桃尻とは、よく言ったものだなぁ。

桃って、見ているだけで癒される。

かわいくて、しかも、おいしい。

何度も香りをかいで完熟具合を確かめながら、今日食べるべきひとつを選ぶのが日課になった。

スーッと、指で皮がむけるのがベストだ。

そうやって皮をむいていると、なんだか下着を脱がしているような色っぽい気分になる。

桃は、本当にセクシーだ。


そのまま食べるのもいいのだけど、わたしは年に一度の楽しみとして、桃のクリームサンドを作る。

今日がその日。

ヨガの帰り、バス停前のパン屋さんからぶどうパンを買ってきた。

フルーツサンドには、普通の食パンより、どうしてもぶどうパンを使いたくなる。


ぶどうパンの表面には、一晩水切りをしておいたヨーグルトを塗った。

最近お気に入りの、蒜山のヨーグルト。

初めは、こう書いて「ひるぜん」と読むことも知らなかった。

この蒜山のヨーグルトが、濃厚で、すごくおいしい。

それを、バターのように表面に薄く塗っておく。

そうすれば、桃の果汁がパンに染み込むのを防いでくれる。

その上に硬く泡だてた生クリームを塗り、桃をのせてパンで挟んだら、桃のクリームサンドができる。

それを、しばし冷蔵庫で寝かせれば、完成だ。

残った生クリームは、卵の黄身と砂糖と合わせて、アイスクリームに。

これにも、桃を入れてみた。

今、冷凍庫で休んでいる。

今日のおやつは桃のクリームサンド、明日のおやつは桃のアイスクリーム。

おトイレ事情

9月14日

昨日から、黒豆を預かっている。

今までに2回わが家に来たことはあっても、黒豆だけが単独で長くいるのは初めてのこと。

黒豆にとっては、犬生初のホームステイだ。

まだ生まれて数ヶ月の黒豆（オス）と、6歳を過ぎたゆりね（メス）の同居。

しかも黒豆は去勢をしていないので、少年真っ盛り。

わかっていたことではあるけれど、本当にエネルギーの全てが性欲に向かっている様子で、文字通りゆりねのお尻を追いかけ回している。

もう黒豆の方が体格がよく、しかも身体が強いので、さすがに好きにさせておくわけにもいかない。

同じ空間にいるとずっとこうなので、二匹は基本、別々の部屋に置いている。

性格も正反対で、本当に同じ犬なのだろうか、と疑いたくなるほど。

黒豆は、とにかくじっとしていない。

散歩に行くと、人、自転車、車、みんなに向かって行こうとするから、怖くて仕方がない。

基本はビビリだが、怖がりが転じて無鉄砲な行動に出る。

体力が有り余っているから、黒豆だけ1日2回お散歩に連れ出す。

黒豆を見ていたら、いかにゆりねが温和な性格かがよーくわかった。

このボーッとした性格に、随分わたしは助けられている。


そうそう、面白い発見をした。

黒豆はオスだけど、しゃがんでおしっこをする。

その方がありがたい。

片足を上げる癖がつくと、家でもいろんなところにマーキングをしかねない。

一方のゆりねは、メスなのだけど、散歩中は、なぜか片足を上げておしっこをする。

マーキング、なのかな？

人間の男の人も、最近は立ってではなく、座っておしっこをする人が増えているという。

わたしもそれに、大賛成だ。

男の人と同じトイレを使うと、汚れがすごく気になってしまう。

ドイツにいて感心したのは、トイレがとても清潔だということ。

汚したら自分できれいにする、という習慣が、子どもの頃から徹底されているのだと思う。

それから較べると、日本の男性は、トイレは誰かがきれいにしてくれるもの、と勝手に思い込んでいるんじゃないだろうか。

子どもの頃は母親が、結婚してからは奥さんが、トイレ掃除をするものだと、それが当たり前になっているのではないかしら？

これは、本当にいい加減にしてほしい。

子どものうちから、トイレ掃除の習慣を身につけておくことは、生きていく上で、とっても大事だと思うんですけど。

ゆりねも黒豆も、トイレシートでする方が慣れているらしく、お散歩の時はあんまりしない。

それにしても黒豆は、クマに似ている。

歯もめちゃくちゃ鋭くて、ちょっと怖い。

ワルイヌ選手権　9月20日

この一週間、わが家はプロレスのリングと化していた。

ありとあらゆる悪さを仕掛けてくる黒豆に、一日中振り回されていた。

とにかく、ゆりねが思いもつかないような悪戯を、かたっぱしから実行するのだ。

味見のために木のスプーンを差し出したら、スプーンごと食べようとするし。

水飲み用のお碗は、カーリングみたいに遊びの道具にしてしまうし。

トイレットペーパーは、本来の目的から遠く離れて、破壊の対象になってしまうし。

軽く追い払おうとして足で払うと、逆に靴下を脱がされてしまうし。

届かない所に置いておいたはずの雑巾も、ジャンプして簡単に持っていかれてしまうし。

ドアの隙間を見つけようものなら、瞬時に滑り込んで空き缶とかをくわえて持ってくるし。

もちろん、自分の排泄物は、有効な武器として効果的に使ってくる。

何がすごいって、運動能力が抜群で、おそらく、ゆりねの運動神経を1とすると、黒豆は10くらいある。

ジャンプ力も驚異的で、足も速い。

口の中には熊さながらの鋭い歯が並び、本人は甘嚙みのつもりでも、かなり痛い。

散歩はどうかというと、これがまたすごくて、車やバイク、歩行者が来ると、いきなり向かっていく。

車なんか、危なくて仕方がない。

だから常に緊張感を強いられる。

これが、もし犬ではなくて、自分の子どもだったらと想像すると、血の気が引く思いだった。

暴力がいけない、とか、犬も子どもも褒めて伸ばす、とかわかっちゃいるけど、黒豆が悪さをすればどうしたって本気で怒ってしまう自分がいるし、自分の心の狭さをまざまざと思い知らされた。

相手が自分の子どもだったら、虐待してしまうんじゃないかと恐ろしくなった。

ゆりねが温和な性格で助かったけれど、それは単に運が良かっただけで、黒豆みたいな犬が来ることだってあり得るのだ。

それを、辛抱強く教育して、よい関係を築いていくのは、並大抵ではない。

黒豆は、人間の目で見れば確かにワルイヌ中のワルイヌだ。

コロもなかなかのヤンチャだったけど、それとはスケールが違う。

黒豆がワルイヌ選手権に出たら、優勝できるくらいだ。

でも、犬として見た場合は、根性があるし、身体能力も優れているし、頭もいいし、とても優秀なんじゃないかと思った。

だから、すごくいいドッグトレーナーさんに入門して訓練したら、もしかすると、大化けするかもしれない逸材だ。

わからないけど、空港とかで働けるような可能性を秘めているのかもしれない。

がんばれ、黒豆！　案外、歴史に名を残すのは、黒豆みたいな桁外れの犬なのかも。

黒豆が将来、紳士的な犬になることを期待している。


今回は散々暴君ぶりを発揮した黒豆だったけど、当然ながら可愛いところもあって、朝起きると、全身で戯れてきたりする。

それでまんまと、母性本能をくすぐられてしまった。

手はかかるけど、本当に可愛くて、憎めない犬なのだ。

だけど、言うことをきかないからという理由で、簡単に手放し、保健所に連れていく飼い主がいるのも事実だ。

殺処分寸前のところを救って、教育をし直し、また新たな飼い主を見つけるボランティアをしている方たちは、日々、こういう涙ぐましい努力をされていると思うと、改めて、尊敬と感謝の気持ちがわいた。

黒豆、たくさんの気づきをありがとう。

およそ一週間、わが家にホームステイしていた黒豆だったけど、犬にありがちなホームシック的なものは、一切見られなかった。

元気いっぱいで助かった。

そして、一週間ぶりにお父さんとお母さんが迎えに来たというのに、普通ならバーっと飛びつくものを、黒豆はゆりねを抱えて腰を振るのに夢中で、感動的な再会の場面も、残念ながら見られなかった。

性欲１００％の黒豆は、アッパレとしか言いようがない。

ゆりねの存在が気になりだすと、ゴハンも食べなくなってしまうのだから。

黒豆がリングから退場し、わが家は静かな朝を迎えている。
ゆりねは久しぶりに、自分のベッドでの〜びのび！

読書の秋

9月28日

冷やし中華とコーヒーゼリーの季節は去り、温かいものが恋しい季節になった。

散歩道の途中にある市民農園では栗がたわわに実り、柿の実も少しずつ色づいてきている。

昨夜は、今シーズン初の芋煮汁を作った。

料理というのは、あんまり考えすぎると肩に力の入ったぎこちない味になってしまうから、わたしはいつも「適当」というのを大事にしているけれど、芋煮汁は、適当料理の代表選手のようなものだ。

もともと、河原で作るようなアウトドア料理だし。

こんなものかな、程度の脱力加減で作ると結果がついてくる。

冷やし中華とコーヒーゼリー同様、この夏は、銭湯とヨガに随分とお世話になった。

この四つで夏の暑さを乗り切ったと言っても、過言ではない。

平日の夕方は自転車でぷらっと銭湯に行って汗を流し、週末の朝は、開店前の近所のカフェでやるヨガ教室に参加した。

毎回、生徒はわたしだけか、もしくはもう一人常連の方がいるだけで、気心の知れた相手だった。

多少の雨でも、自転車を飛ばしてヨガに行った。


だから、オンラインでのヨガレッスンというのは、どうなんだろうと半信半疑だった。

でも昨日、初めてインターネットを使ったヨガに参加した。

それが、なかなかよくて拍子抜け。

これなら、たとえ雨の日でも自宅にいたままヨガができる。

何よりもいいのは、こうなってくると、どこに住んでいようが関係なくなることだ。

その人のレッスンを受けてみたいけど、これまでは遠方なので諦めていた、というようなことがなくなる。

事実昨日も、元は山形からのレッスンだった（と思う）。ちゃんと先生がポーズもチェックして悪いところを指摘してくれるし、想像していたほどの違和感はなかった。

それでもやっぱり、自分は開店前のカフェでやるヨガの方に通うのだろうけど。

さてさて、わたしは明日から穂高へ。

夏の疲れを癒しに行ってきますね。

養生　10月4日

4日間、穂高の山の中で時間を過ごした。

ベルリンから慌てて帰国したのが3月の終わり、2週間の自宅待機が終わったとたん外出自粛が始まって、そのまま夏を迎えた。

本当は真夏に行ければよかったのだけど、色々と家にいなくてはいけない事情もあり、ようやく秋を迎える頃、穂高に行くことができた。

目的は、ずばり「養生」で、とにかく心と体を休めたかった。

もうそろそろ、みなさん、疲れが出ている頃だと思う。

いきなり、非日常の世界に突き落とされ、なんとかかんとか、時に自分を騙しながら非日常に順応する努力を積み重ねてきた。

日常生活や価値観など、様々なことが反転したのに、大丈夫、まだ頑張れる、と平気なフリを貫いて、自分よりも周りに気を使って生活をしてきた人も多いと思う。

夏も、暑かったし。

乗り切らなくちゃいけないことが、次から次へとわんこそばみたいに目の前に出された印象だ。

でもそろそろこの辺で休んでおかないと、心も体も参ってしまう。

そうなる前に、穂高に行こうと思ったのだ。

リトリートが目的の宿は、朝に、散歩かヨガのプログラムがあり、食事は午前10時半と午後5時半の一日二回。

わが家の食事スタイルとほぼ一緒だ。

出されるのは玄米菜食で、これが素晴らしくおいしい。

厨房には、4、5人の若い女の子たちが働いていて、その子たちが交代で一日ずつ献立を決めて料理を出してくれる。

毎回食事のたびに、その日のリーダー（？）が料理の説明をしてくれるのだが、本当に丁寧に、季節の食材を無駄にすることなく調理していることが伝わってきた。

食事のお盆だけ見ると、なんだか物足りないように見えるけれど、玄米自体にパワーがあるので、お肉もお魚も食べなくても、野菜だけで十分お腹が満たされる。

毎回、ご飯の量をどうしますか？　と質問され、宿泊客はそれぞれ、普通、とか、半分、とか、大盛り、とかその時の自分の体の声を聞いて玄米をよそってもらう。

食事中に自己紹介を、みたいなお節介が無いことも、居心地が良かった。

みなさんそれぞれ、静かに自分と向き合うためにこの場所を選んで来ている。

その、ほったらかし加減が、いい。

チェックアウトの際にシーツ類を自分で剥がしたり、食べた後の食器は各自が自分で洗ったり、そういうのも、時には大事だなぁ、と痛感した。


ここ最近は特に、きれいな水を欲している。

とにかく、清らかな水のそばに行きたくて行きたくて仕方がない。

そういう水辺にいるだけで、心の中がスーッとして、心身が癒される。

宿のそばにも、とてもいいプライベートビーチ（河原）があった。

北アルプスから流れてくる水は本当にきれいで、水そのものが宝石みたいに輝いている。

この場所で、思う存分、時間を過ごした。

冷たい水で、魂の丸洗いをしている気分だった。


最終日、有明山神社の近くの山をテクテク歩いた。

安曇野にくるたびに感じるけれど、本当にいい気が流れている。

水と空気は、わたしたちが生きていく上で、必要不可欠なもの。

なんとなく、当たり前すぎて後回しになっていたけれど、ふと、おいしいものを食べたり素敵な服を着たりすることより、水と空気にこだわることの方が、もっともっと大事なんじゃないかと思った。

道祖神の並ぶ山道の奥に、とりわけ気持ちのいい場所を見つけ、シートを広げて瞑想をしてみた。

これから先の人生を、自分はどう生きたいのか。

磁場が安定しない場所に行くと、方位磁石の針が定まらずにぐるぐると回ってしまうけど、わたしはしばらく、その状態が続いていた。

昨日考えていたことと今日こうしようと思うことが、全然違ったり。

そして、明日どうなるのかも、自分で予測がつけられなかった。

今もまだ、くるくるしている。

だけど、その場所で瞑想していたら、だんだん心の中に大きな重石が降りてくるような感覚があった。

目の前に、なんとも神々しい巨石があり、そこに降り注ぐ光が美しくて、なんだか幸せな気持ちになる。

と、そこまでは良かったのだけど、ふと視線を感じて後ろを向いたら、猿たちに囲まれていた。

5、6頭の集団で、一頭が片手に栗の実を持っている。

猿自体は、宿の庭でも大騒ぎしていたし、この場所に来る途中でも何度か会っていた。

でも、こんなに距離が近いのは、初めてだ。

えーっと、目を合わせちゃいけないんだったよな。

と思いながら、どうしたものかと途方に暮れる。

この猿たち全員にかかってこられたら、わたしは明らかに負ける。

猿に食べられてしまうのだろうか、などと不安になった。

猿は、栗を拾いたかったのだ。

わたしがシートを広げて瞑想していた場所は、ちょうど栗の木の下で、よく見るとあちこちに栗のイガが落ちている。

猿たちは、この栗のイガを道路に置き、それを車に轢(ひ)かせて実を食べるのだ。

とにかくじっとしていたら、猿たちがまた別の場所に移動してくれたので、助かった。

やれやれ。

猿と格闘せずに済んで、良かった！

清らかな水とおいしい空気に癒されて、励まされて、心も体もすっかり元気になった。

知らず知らずのうちに、自分は疲れていたのかもしれない。

最後の食事は、外のテーブルで、山を見ながら堪能した。

土の香りが、懐かしく胸に響いた。

帰りは、自転車で一気に山を下りる。

冬支度1

10月12日

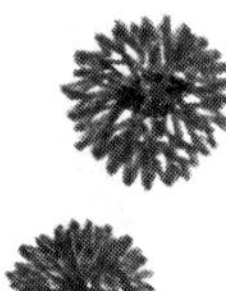

つい、手が伸びてしまったのだった。

パン屋さんのカフェでお茶とケーキをいただき、お会計を済ませ、帰ろうと出口に向かった時。

店の一角に設けられた野菜コーナーの笊（ざる）の中に、それはひっそりと置かれていた。

一袋手にして、反射的にもう一袋手にとって、夢遊病者みたいに再びレジへ。

脳の奥の奥の奥の方で、待て待て、と自分を制するかすかな声が聞こえてはいたけれど、体が本能的に家に連れて帰りたがっていた。

栗のことです。

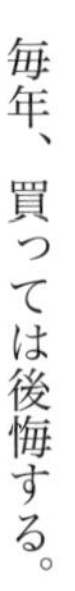
毎年、買っては後悔する。

後悔するのは、剝くのが大変だから。そして大変な割に、作ってもあまり喜ばれない。わたし自身は栗が大好きだけど、自分で剝いて自分で食べる栗ご飯は、徒労感の方が圧倒的に大きかったりする。

子どもの頃、栗ご飯は、母が炊いてくれるものと相場が決まっていた。運動会は必ず栗ご飯で、それが何よりの楽しみだった。

母が亡くなり、初めて自分で栗というものを剝いていたら、泣けてきた。

母が、こんなに大変な思いをして栗を剝き、ご飯にしてくれているとは全く思い至らなかった。

ありがとう、という言葉を伝えるには、もう手遅れだった。

さて、買ったはいいが、どうしたものか。

栗は、2袋で1キロ近くある。

一回は栗ご飯を炊くにしても、まだ有り余る量だ。

とりあえず、鬼皮を剝きやすくするため、熱湯に一晩漬けて考えた。

甘露煮か、渋皮煮か。

わたしは渋皮煮の方が簡単なのかと思っていたのだけど、調べると、どうやら甘露煮の方が楽にできそうである。

鬼皮と渋皮の両方を剝くより、鬼皮だけ剝く方が簡単そうだけどなぁ、と思いつつ、どっちにしろ鬼皮は剝かなくちゃいけないのだからと、鬼皮を剝く作業を始めた。

やってみて、なるほど、とすぐに納得。

確かに、鬼皮だけを剝いて、渋皮だけをきれいに残すのは難しい。

どうしても、「まだら」になってしまう。

栗ご飯にする分を残しておき、ざっと鬼皮を剝いた栗を鍋に入れ、重曹を入れたお湯でコトコト。

アクで、煮汁が真っ黒になる。

水を取り替えようと栗に触れたら、その状態だと渋皮が剝(は)がれやすくなっていることに気づいた。

それで、甘露煮へと舵を切ることに。

機嫌のいい栗は、ぺろっと一気に渋皮が剝ける。

そんなことをちまちまやって栗を無防備な状態にし、もう一度、今度は砂糖を加えて火を入れる。


栗は、ほとほと世話の焼ける相手だ。

まず、強力なイガに入って実を守っている。

イガから取り出すのだって一苦労なのに、更に、鬼皮、渋皮と、頑丈な鎧を纏っている。

しかも、すぐに実が崩れる。

最後まで綺麗な形のまま甘露煮にできるのはほんのわずかで、大抵は途中で割れてしまう。


鬼皮を剝く間、包丁の刃が2回親指に当たり、その都度、血を流した。

それでも、以前よりは、こういう作業が億劫でなくなった気がする。

20代で同じ作業をしたら、絶対に途中で投げ出していたと思う。

30代でも、無理。

でも40代も後半になると、人生でもっともっと面倒なことに対処してきた賜物か、栗の皮剝きくらい、途中で投げ出さずにできるようになる。

最後に塩とブランデーを入れたら、がぜん甘露煮らしくなった。

崩れてしまったケの甘露煮と、綺麗な形のままのハレの甘露煮を分け、それぞれＷＥＣＫの瓶に入れる。

ケの方は、バニラアイスと食べたり、生クリームに混ぜて食べてもおいしそうだなぁ、と舌舐めずりしていたら、ペンギンがやってきたので、味見をお願いした。

冷蔵庫にあった小豆の煮たのと一緒に出したら、大喜びだった。

確かに、おいしい。

でも、おいしすぎる。

ケの方は、ちょこちょこつまみ食いするうち、あっという間になくなるだろうし、ハレの方も、きっとお正月までには跡形もなく消えてしまうだろう。

だから近いうちに、もう一回、栗を買ってしまう、ような。

そして、また後悔する、ような。

冬支度2

10月21日

タイミングが合うと、夕方お風呂に行く途中、猫の散歩とすれ違う。
そう、犬じゃなくて猫なのだ。
猫が、ちゃんとハーネスをつけて飼い主の女性と散歩している。
完全に、自分を犬だと思っているのだろうか。
じろじろ見ると、何かおかしい？　って感じでキーッと睨む。
今日も、猫の散歩に遭遇した。

先週、今週と、立て続けに味噌を仕込んでいる。
一年中味噌は仕込んで平気だけど、これから寒くなるこの時期に仕込むのは、確かに理にかなっているのかもしれない。

寒仕込みというくらいで、この時期に仕込めば、麹も手に入りやすい。

夏の初め頃に仕込もうとして麹を探したら、なかなか見つからなくて困った。

大豆を煮る時は、水に浸して戻すのではなく、軽く洗った豆をドボンと熱湯に沈めてしまう。

そして、自然に冷まして時間を置く。

豆もふっくらするし、加熱する時間も短くて済む。

もう何回やったかわからないくらい味噌を仕込んでいるので、分量も頭に入っている。

こんな簡単なのになぁ。

わたしにはもはや、味噌を買うという発想自体がなくなってしまった。


一度、ものすごく悲しい気持ちで味噌を仕込んだことがある。

その味噌からは、見事にカビが生えてびっくりした。

やっぱり、わたしの体から何かマイナスの波動のようなものが出て、それが大豆と麹に伝わったとしか思えない。

だから絶対に、味噌は心が晴れている時に仕込まなくてはいけないのだと、学んだのだった。

空が晴れてカラッとしている日は、絶好の味噌仕込み日和だ。
心も体も、健やかで朗らかな時に、味噌を作るのがいい。
きっと、この秋に仕込んだ味噌はおいしくできるだろう。
そういうのは、味見をしなくても、だいたい直感でわかってしまうものだ。

お雑煮解禁

10月25日

そろそろ寒くなってきたので、お雑煮を解禁することにした。

お雑煮をお正月だけ食べるなんて、もったいない。

せっかく日本にいて、お餅もそこまで貴重品ではないのだし。

実家のお雑煮は、鶏肉とゴボウと芹(せり)と白滝と椎茸と人参なんかが入っていた。

材料から察すると、秋田のきりたんぽに近いのかもしれない。

お醤油味で、都会的な洗練された感じではないけれど、なんだか体が芯からポカポカするような、具沢山のお雑煮だった。

気がつけば東京で暮らしている時間の方が人生の半分以上を占めるようになり、お雑煮といえば関東風が主流になった。

関東風の味を教えてくれたのはペンギンだ。

結婚した当初、昆布と鰹節で正式に出汁をとるのは、お正月だけだった。

そしてそれは、お雑煮のためだった。

関東風のお雑煮の主役は、出汁なんじゃないかと思う。

鶏肉からも、小松菜からも、なるとからもちょっとずつ味が滲み出て、柚子の香りと合わさり、なんとも言えない背筋の伸びた気高い感じの味になる。

関東風はわたしの中でキングオブお雑煮なので、それはさすがにお正月だけにとっておく。


そんなわけで、ふだん使いのお雑煮としてメキメキと頭角を現しているのが、京風の白味噌雑煮だ。

なんて書くと、京都の方から、うちのお雑煮かてハレの日の雑煮どすえ〜、なんて厳しいご指摘を受けそうだけど。

ふわっふわの丸餅に、まったりとした白味噌の甘さが、癖になる。

最近知ったのだけど、丸餅は、茹でるよりも電子レンジでチンした方が、断然うまくいく。

調理に電子レンジはあんまり使いたくないけど、ここは仕方がない。

丸餅を茹でると、どうしてもお餅がお湯に溶けてドロドロになってしまう。

けれど、電子レンジを使うやり方だと、まるでつき立てのお餅のようにふんわりできる。

やり方は簡単で、器に丸餅をのせ、そこに熱湯を（お餅の半分が浸かるくらい）注いで、電子レンジで40秒ほど温めるというもの。


病み上がりだったこともあり、今朝は、ことのほか白味噌雑煮が食べたかった。

横着して出汁パックで出汁をとり、そこに白味噌を溶いてグツグツ。

お味噌は煮立てちゃいけない、と思っていたけど、白味噌に関しては煮立てないとまったりしないなんてことも、知らなかった。

電子レンジでチンしたお餅をお碗に移し、とろとろのお汁をかければ、白味噌雑煮ができる。

ものすごくシンプルだけど、ものすごく奥深い味だ。

本式のは、これにもう少し具が加わるのかもしれないけど、わたしはこれで十分満足だ。

白味噌は体を温めてくれるというから、これからの季節は、お味噌汁にも、少し、白味噌を混ぜようと思っている。


午後は、読者の方から届いたお手紙を読ませていただいた。

よく、本当に著者まで手紙が届くのだろうか、という不安を書かれている方がいらっしゃるけれど、心配しなくて大丈夫です！

読者カードもお手紙も、出版社に送ってくださったお便りは全て、編集者さん経由でわたしのところに届けられますので。

そして、必ず読みますので。

ただ、まとまって届いたお便りをいつでも読めるかというと、そんなことはないのが正直なところだったりする。

手紙を書くのに時間や勇気が必要なように、手紙を読むのにもまた、時間と勇気が必要だ。

簡単に言うと、心が健康な時じゃないと、向き合えない。

だから、場合によっては、読者の方が書いてくださってから、時間が空いてしまう場合もある。

読者の方が書いてくださる手紙は、一通一通が、わたしにとっては本当に宝物であり、大袈裟なようだけれど、魂のご飯というか、次の作品への原動力というか、とにかくそれくらいありがたく、貴重で、何物にも代えがたいご褒美だ。

今日も、一通読んでは、慌ててティッシュを抜き取ったり、クスッと笑ったり、深々と頭を下げて感謝したくなった。

感謝の気持ちを伝えたいのはわたしの方であり、たくさんのたくさんの勇気をいただいて、胸がいっぱいになる。

今日読ませていただいた手紙には、「お母さん」について触れている内容が目立った。たまたま今朝の新聞に青木さやかさんの記事が出ていて、それは、母親が亡くなってからでも親孝行はできる、という内容で、わたしもすごく同感でしんみりしてしまったのだが、本当に、母と娘というのは、なかなか難しいものなのだ。

これは、当事者同士にしかわからないし、簡単に第三者が立ち入って意見を言える領域ではない気がする。

もちろん、生きているうちになんとか和解できれば、自分も相手も双方ともにいいとは思うけれど、たとえそうならなくても、手遅れということはないのだと思う。

一通ごとに、手紙の封筒を眺めては、こんな切手があるんだぁ、と新たな発見をしたり、読者の方からのヒントで、いつかそういうテーマの物語も書いてみたいなぁ、とひらめいたり、送り主の方のお名前を読んで、物語の登場人物の名前が浮かんだり、お世話になりっぱなしなのだ。

本当は、お一人お一人にお返事を書きたいのだけど、ごめんなさいね！

現実的に難しいので、物語という形で、お返事にかえさせていただいている。

読者の方からいただいたお手紙はもちろん全部わたしの手元にあり、最後はわたしが死んだ時、棺桶に入れてもらうことに決めている。

それがわたしの、密かな楽しみ。

旅のお供

10月30日

2泊3日で、山形へ行ってきた。
一年に一回は、お墓参りに行こうと思っている。
そのついでに、温泉に入ったりなんかして。
最近、頼もしい旅のお供を見つけた。
曲げわっぱである。
これが、一つあると何かと重宝するのだ。

たいてい、旅に出る時は家を出発するのが午前中になるのだが、そうすると朝昼ごはんの時間と重なってしまう。

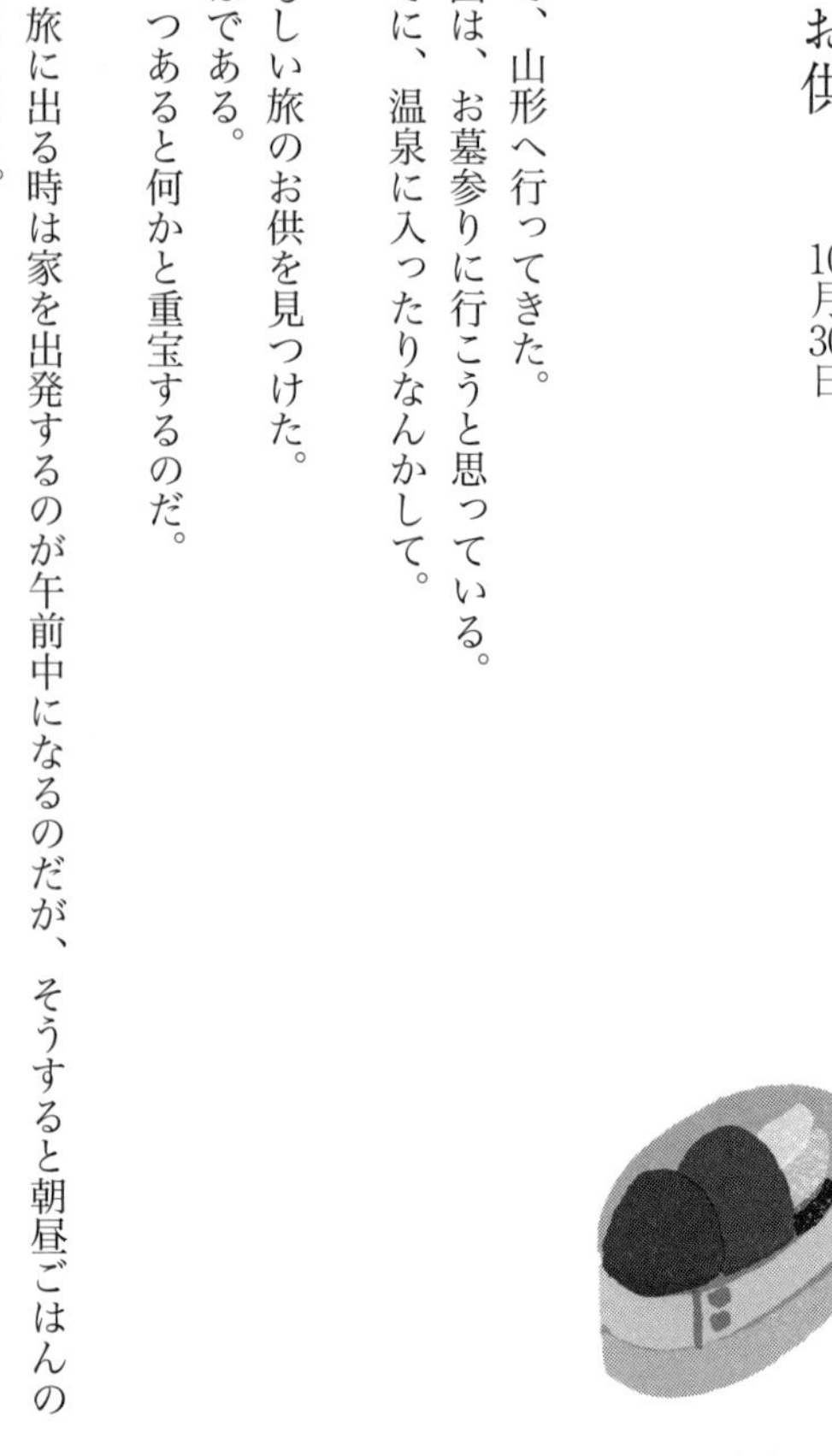

駅でお弁当を調達し、食べながら移動を楽しむ、というのももちろんいいのだけど、わたしの場合、最近は特に自分が食べられるお弁当を見つけるのが、なかなか困難なのだ。売店に並んでいるお弁当には、かなりの添加物が入っている。食べられないわけではないけれど、食べると、具合が悪くなったり、眠れなくなったりする。

それで、曲げわっぱの登場である。

お弁当といっても、本当に簡単なものでいい。たとえば、ご飯の上に、何か昨日のおかずの残りをのせたものだとか。それを、ちょこちょこっと曲げわっぱに詰めて、電車の中で食べる。曲げわっぱ、というのが、ちょっとした魔法なのかもしれない。なぜかそこに入れるだけで、おいしさが増す。

今回、行きは曲げわっぱの中に皮をむいた柿とおやつを入れた。冷蔵庫に残っていた栗蒸し羊羹を、ちょうどいい大きさに切ってラップで包んで入れておく。

チョコレートも、旅先でコーヒーを飲みながら甘いものが欲しい時など、あれば助かる。

ただ、もっとも能力を発揮するのは、旅館に泊まった時の朝ごはんだ。

旅館の朝ごはんは、早い。しかも、量がたくさん出てくる。

ふだん朝の時間帯に食事をとらないわたしは、どうしても食べきれない。

それで、朝ごはんの中からおかずを選んで、お弁当に詰めるのである。

そうすれば、せっかくの朝ごはんを残さずにすむし、お昼のお弁当も調達できる。

たいていの場合、朝食のお櫃(ひつ)にはご飯がたくさん入っているし。

おかずがたくさんの時は、おかずだけ曲げわっぱに詰めて、ご飯はお塩をもらって塩結びにするのもいい。

これが、行楽気分を盛り上げ、なかなか楽しいのである。


生まれ育った実家、文翔館の近くにあった雰囲気のいいカフェ、大沼デパート。

山形に行くたびに、一つずつ、思い出の場所がなくなっていく。

特に大沼デパートは、何かちょっとした良い物を買いたい時、必ず行く場所だった。

お小遣いを握りしめ、初めてひとりで大沼デパートに行ったのは、小学2年生の時。

母の日のプレゼントを買いに行ったのだ。

そして、薄いグリーンの石でできたブレスレットを買った。

今から思えばおもちゃみたいな代物だったけど、それがわたしにとっては、初めてのお買い物だった。

上京する時、大学の入学式に着るためのスーツを母と買いに行ったのも、やっぱり大沼デパートだった。


今回は、人の優しさに触れる旅でもあった。

泊まった宿に、うっかり化粧水を忘れてしまったら、担当してくれた若い仲居さんが後から車で追いかけてくれて、駅までわざわざ届けてくれた。

八百屋さんから野菜を買って荷物を送ろうとした時、他所(よそ)で買った荷物も入れていいですか？　と尋ねると、笑顔で、どうぞどうぞ、とのこと。

先日、同じ場面で、近所の和菓子屋さんから荷物を送ろうとしたら、他所で買ったものはダメです、とピシャリと断られたばかりだったので、その大らかさに温かな気持ちになる。

都会の人から見たら、なんだかもたもたしているように感じられる場面があるのかもしれないけれど、人が優しくて、丁寧で、決して自慢しないし、改めて、山形の良さを実感した。

あと一週間くらいで、紅葉が見頃を迎えるとのこと。

おいしいものがたくさんあって、人が優しくて、自然が美しくて、山形って、こんなにいいところだったんだなぁ。

こんなに豊かなところで、自分は育ったんだなぁ、としみじみ。

帰宅して、さっそく八百屋さんで買ってきた原木なめこを食べる。

あー、なんておいしいのか。

山の恵みが凝縮されている。

2袋も買ってきたのに、ペンギンとペロリと食べてしまった。

キノコの中で、わたし、原木なめこが一番好きかもしれない。

昨日のパスタ　11月2日

この季節になるとよく作るパスタがある。
里芋を使った、ショートパスタだ。
主な材料は、里芋とベーコンと舞茸。
それを和風だしでコトコト煮て、最後にショートパスタを加える。
スープをたっぷり目にして、具沢山のパスタだ。
エキストラヴァージンのオリーブオイルを、たっぷりとかけて食べる。
ちょうど、檜原村(ひのはらむら)から舞茸が届いたのだった。
健康的なプリップリの舞茸で、それで最初はきりたんぽ鍋を作った。
それでも余った分を、今度はパスタにしていただく。

出来立てももちろんおいしいのだけど、醍醐味は次の日だ。

昨日のパスタなんて食べられたものじゃない、と思われそうだけど、これがどっこい、いい味を出すのである。

きっと、ショートパスタだからだろう。

さすがにわたしも、前日に作ったロングパスタは、食べる気がしない。

ふちがひらひらになっている独特のショートパスタは、一日寝かせたことで、おいしいスープを惜しげもなくその体に吸い取り、味わい深くなっている。

もし自分がイタリア人だったら、風邪をひいて体が弱っている時、これが食べたくなりそうだ。

昨日のカレーはおいしさの定番だけど、昨日のパスタも、わたしにはそれに匹敵するくらい、捨てがたい味。

だから、翌日まで残るよう、ショートパスタを茹でる時は、硬いショートパスタを鷲掴みし、たっぷりと多めに鍋に入れる。

かりんちゃん　11月15日

いつも沢庵を買いに行くお魚屋さんに行ったら、店先にかりんが山盛り置かれていた。

見ると、「ご自由にどうぞ」とある。

そこの棚にはよく、（お魚屋さんなんだけど）野菜なんかが並んでいる。

本当に持って帰っていいのか不安だったのでお店のおばさんに確認すると、毎年、近所のお屋敷の木になるかりんをいただくから、本当に好きなだけ持ってって、とのこと。

早い者勝ちだから、と言われ、それならと、遠慮なくいただいた。

かりんは、硬い。

以前、かりんを買ってきたはいいものの、硬くて包丁の刃が入らなかった。

それで今回は、一週間家で熟成させる。

本当に、いい香りだなぁ。

庭にかりんの木があるなんて、羨ましい。


そろそろ限界かな、と思い、試しに一つ包丁を当ててみたら、割とすんなり切れた。

かりんには、優れた薬効がある。

特に種子が大事とのことなので、種も一緒に蜂蜜に漬ける。

蜂蜜がもったいないので少なめにしたのだけど、すぐにかりんから水分が出て、次の日にはもうしっかりとシロップ状になっていた。


かりんは特に、喉に効く。

インフルエンザの予防にもなるというので、さっそくお湯で割って飲み始めた。


この季節はなるべく冷たいものを取らないようにしているけれど、炭酸で割ったのを飲んでみたら、これがまたとてもいい味。

夏は、梅。

冬は、かりん。

どっちも、ヨーロッパでは出会えなかった。
かりんは、色も綺麗だし、香りも素敵。
そばにいるだけで、なんだか穏やかな気持ちになる。

ハンドルを握る

11月26日

実は今、自動車の教習所に通っている。

これには、自分でもびっくりだ。

環境のことを考えれば否定的な立場だったし、住む場所も、「車がなくても生活できる」というのを基準に選んできた。

自分で自分のライフスタイルが選べるようになってからはずっと、車とは縁のない生活を送っている。


けれど、ふと思ったのだ。

もしも車を運転することができたら、住む場所も含めて、もっと選択肢が増えるのかな、と。

それに、車に乗って自力でどこへでも行けるようになったら、取材も今より格段にしやすくなる。

ゆりねとのデートも、幅が広がる。

それに、最近は環境に優しい車の開発が進んでいるし、自動運転の技術も進化している。

だったら、そろそろ車を解禁にしてもいいのではないか。

日本に戻ってから、そんなことを考えるようになった。

そして、今月から、教習所に通い始めた。

自慢にもならないけれど、わたしは車に関する知識がほとんどない。

つい最近まで、「セダン」って何？　というレベルだったし、４ＷＤと２ＷＤの違いというか、そもそも通常は前輪しか動いていない、という事実も知らなかった。

そんな状況で、いきなり実技から入ってハンドルを握ったのである。

あわわわわわ。

時速10キロでも、おっかない。

真っ直ぐ進むのも難しい。

遊園地のゴーカートだって、ほとんど乗った記憶がないのに、教習所の中とはいえ、いきなり運転させるなんてかなり無謀なんじゃないかと焦った。

実技一回目は本当に泣きそうになって、逃げるように帰ってきた。

こんな調子なので、先は長く、ゴールは全く見えない。

もしかすると、本当に怖くて、やっぱり途中で断念、という結果だって十分に考えられる。

自分で、これは無理！　と判断したら、いつでもやめようと決めている。

このあたりは、かなり慎重だ。

それでも、ちょっとずつ世界が広がるようで、なんだかワクワクしているのも事実だ。

道行く車を眺めては、あんな車がいいなぁ、なんて思って、家に帰ってからネットで車種を調べたりしている。

これまで、わたしの小説に出てくる人たちは、ほとんど車の運転をしてこなかった。

パッと思い浮かぶのは、『にじいろガーデン』の泉さんくらいだ。

なんとなく、わたし自身が運転のイロハを知らないので、書くことに二の足を踏んでいたというか、確信を持って描写することができなかった。
でもこれからは、作品の中で、ハンドルを握る主人公や登場人物が増えるだろう。
それだけでも、教習所に通った甲斐があるような気がする。
世界が広がるのは、いいことだ。

早く自動運転の技術が進んで、目的地の住所を入れたらもう車が勝手に動いて連れて行って駐車までしてくれるようになればいいのにな。
環境にもうんと優しいそういう車が、お手頃価格で手に入る世の中になったら、すごく嬉しい。

晩秋の宴　11月29日

昨夜はお客様だった。

何を作ろうか迷って、以下の献立に落ち着いた。

柿の白和(しらあえ)、茶碗蒸し、ポテトサラダ、お揚げと生揚(なまあ)げの姉妹煮、牡蠣(かき)の唐揚げ、里芋のショートパスタ。

わたしの料理を食べていただくのが初めてのお二人だったので、まずは定番中の定番メニューを。


柿と牡蠣。

わたしはいまだに、正しいアクセントで発音することができない。

東京育ちの人にとっては、簡単みたいだけど、わたしはいつもお茶を濁す。

果物の柿です、とか、海の幸の牡蠣です、とか。

こうやって少し言葉を足すと、正しいアクセントになったりする。

どっちも秋の味覚だけど、長らくご無沙汰だったのは牡蠣の方。

果物の柿は、ベルリンのスーパーでも結構売っていて、しかもおいしかった。

名前もズバリ「ＫＡＫＩ」だった。

日本だと秋の果物という印象が強いけれど、スーパーでは年中見かけたような気がする。

海の幸の牡蠣の方は、あるにはあったが、高級品だった。

ドイツでは、基本、肉よりも魚の方が贅沢品で、特に生牡蠣は贅沢中の贅沢だった。

基本は生食用で、皆さん、幸せそうにシャンパンを飲みつつ、生牡蠣を堪能していた。

だから、わたしは一回も食べなかった。

そんなわけで、久しぶりの牡蠣である。

最初は定番のフライにしようと思っていたのだけど、牡蠣と一緒に届いた「牡蠣の美味しい食べ方」という案内に牡蠣の唐揚げが紹介されていて、それがとてもおいしそうだったので、唐揚げにすることに。

フライだと、卵、小麦粉、パン粉、と3段階で衣をつけていかなくてはいけないけど、唐揚げだと小麦粉だけで済む。

それも、作る側としてはありがたいポイントだ。

小麦粉をまぶして揚げた牡蠣の唐揚げに、タレは、大根おろしと浅葱とポン酢とゆず酢を合わせたもの。

これがすこぶる評判が良かった。

さっぱりしていて、胃にずしんとこないから、スイスイ口に入ってしまう。

大根おろしが、消化を促してくれているような。

このメニューは、これから頻繁に登場しそうな予感だ。


今朝は、残った牡蠣で、牡蠣丼を作った。

こちらも冬になると食べたくなるうちの定番お丼。

親子丼の鶏肉を牡蠣に変えたもの。

牡蠣と卵は、相性がいい。


わぁ、もう年の瀬が目の前に迫っている。

来年の今頃、世界はどうなっているのだろう。

冬至

12月21日

朝起きて、カーテンを開けるのが楽しみな季節になった。

まだ夜が明けきらない時間だと、そこに星が輝いている。

太陽が顔を出すとあっという間に消えてしまうから、ほんの一瞬でも星が見られると得した気分になる。

それだけで、その日はいい一日だ。

日本海側では寒波による雪が降っていて大変なことになっているのに、東京の空は連日驚くくらい真っ青だ。

そうだった、そうだった、と思い出すのだけど、ベルリンのこの時期の低く暗い空に慣れてしまったので、なんだかマンガを見ているような、申し訳ないような気持ちになる。

冬なのに、こんなに青空でいいのかしら?
東京は、断然冬がいい。
冬の東京は、世界に誇れる。
といっても、今は世界から誰も観光に来られないけれど。

今日は、冬至だ。
一年のうち、もっとも昼の時間が短く、夜が長い。
でも、明日からはまた少しずつ昼の時間が長くなって、春に近づいていく。
小豆を炊いたので、今夜は小豆かぼちゃを煮て、柚子湯に入ってあったまろう。

まさか

12月28日

あれよあれよという間に、今年も年の瀬を迎えている。

世の中的にも個人的にも、予想だにしなかったようなびっくりすることが起きた年だった。

こんなにのんびりと日本で暮れを過ごすのは数年ぶりだ。

自分で作った「おせちカレンダー」をチェックしながら、ぼちぼち、お正月の用意を始めている。

干し椎茸は戻したし、数の子も塩抜きを始めている。

黒豆にも、熱々の煮汁をかけた。

今年はコロナが心配で、わが家の買い出し担当が築地に行けないので、かまぼこなどは注文して送ってもらうよう手筈(てはず)を整えている。

お正月飾りは、毎年暮れにだけ近所の街角に立つ、小さな小さな売店で買ってきた。

欧米はクリスマスのリースが素敵だけれど、日本のお正月飾りも、本当に本当に美しいと思う。

家の玄関にはシンプルな輪飾りを、台所には荒神（こうじん）さまを飾った。

これで、気分が一気にめでたくなる。


昨日は、仮免の検定だった。

自分の口から、「かりめん」なんて単語が飛び出すこと自体、驚きだ。

そして、わたしも含め、大方（ほぼ全員）の予想を見事に裏切り、実技、一回で合格になった。というか、なってしまった。

わたしは、5、6回仮免を受けて、完璧になってから第二段階に進むつもりだったけど。

昨日の仮免ではS字カーブで縁石に乗り上げちゃったけど、バックしてやり直し、なんとか、合格点ギリギリで滑り込みセーフ。

その後、筆記の試験を受けて、結果は今日の夕方わかる。

筆記もパスしていたら、来年はいよいよ路上デビューだ。

信じられないなぁ。

自分がハンドルを握って路上を車で走るなんて、わたしの人生にとってみたら、宇宙旅行に飛び出すような大激震だ。


途中から、女の先生に指導を変えてもらったのが良かったのだと思う。

教える先生との相性というのも、多分にあるはず。

途中から教えてくれている女の先生は、いくらわたしがハンドル操作をミスしてとんでもないことをやらかしても、キャハハハハハ、と笑い飛ばしてくれるので、安心なのだ。

そして、何が悪かったのかを、きちんと冷静に教えてくれる。

腹を立てずに冷静に相手に伝えるというのは、とても大事なことだ。


車を運転していて、よく言われること。

一点に目線を集中せず、全体を俯瞰で見るように。

今走っている所ではなく、次にどういう道を走るのかを、常に常に把握する。

車は、自分の見ている所に進んで行く。

だから、壁を見てしまえば、壁にぶつかる。

つまり、「今」ではなく、この先の「未来」を把握し、見えない場合は予測し、想像し、自分が行きたい方向に目を向ける。

そうすれば、車は勝手についてくる。

教習所で車の運転を習いながら、まさに人生と同じだなぁ、と痛感する場面が多々あった。

人生には、「上り坂」と「下り坂」と「まさか」の三つがあるなんて、言い得て妙だけど、

「まさか」は急なカーブみたいなものだろうか。

わたしも、一体この先どこに連れて行かれるのだろう、と自分の人生をまるで他人事(ひとごと)のように感じる時がある。

でも、本当に、何が起こるか分からないのが人生だ。

まさか、またペンギンとゆりねと家族そろってお正月を迎えるとは！

自分の人生に起きていることがあまりに面白いというか奇想天外すぎて、こんなストーリー、どこの作家も絶対に書かないと思う。

事実は小説より奇なり、ということを、わたし自身が身をもって経験させてもらった一年だった。

来年は、どんな年になることやら。

混浴の魔法

12月30日

朝、珍しく雨が降っていた。

アンペルマンの傘をさして、近所の卵屋さんまで卵を買いに行く。

合計20個。

予約をしておいたら、大きいのを取っておいてくれた。

おでんの残りを食べてから、気合を入れて、久しぶりに伊達巻を作る。

一本に、卵5個。

数年ぶりなので、勘が鈍っていないか不安だったけど、なかなかいい感じに焼けた。

卵が新鮮だからかもしれない。

目立った失敗もなく、予定の3本を焼き上げる。

30日のうちに伊達巻までできていれば、明日はお重に詰めるだけだから、かなり順調だ。

それにしても、昨夜のおでんがすこぶるおいしかった。

おでんって、つくづく、出汁を味わうものだと思う。

昨日のお出汁は、利尻昆布、真昆布、煮干し、焼きあご、それに宗田節の5種類のミックスだ。

なんて偉そうに書いちゃったけど、出汁を準備してくれたのはペンギンなので、わたしは何も触っていない。

宗田節は、鰹節の階級でいえば、もっとも下の5番で、雑味があるため、お蕎麦屋さんでよく使われたりする。

お上品さはないけれど、その分、ガツンとした旨味があるのが宗田節。

ちなみに「あご」というのは、飛び魚のこと。

ほんのりと甘い、風味豊かな出汁が取れる。

おでんにも、色々あるけれど、わたしのは一切煮立たせない。

具材を入れて、それをお出汁に時間差で、浸けておくだけ。

大根や茹で卵、こんにゃく、がんもどきなんかは、割と早めに浸けておき、練り物に関しては、直前に入れてもいいくらい。

大事なのは、がんもどきや練り物を出汁に入れる前に、必ず熱湯にくぐらせて油抜きをすること。

この一手間だけで、お出汁に変な油分が入らず、出汁本来の澄んだ味が楽しめる。

大きなお鍋で具をみんな一緒にお風呂に入れるみたいなもので、具材からも色んな出汁が出て、出汁が、更なる進化を遂げるのだ。

出汁が一種類でも、具材が一種類でもこうはならない。

みんなが混浴状態になるから、複雑に味が交差して、魔法をかけたような味わいになる。

うちでは、だいたい一品か二品ずつお椀に入れて、少しずついただく。

お酒が、すすむ、すすむ。

よく考えたら、数年ぶりに食べるおでんだった。

熱々のおでんと日本酒なんて、日本にいるからこそ味わえる。

昨日ももちろんおいしかったけど、一晩お出汁に浸かった後のがんもどきは、格別の味だった。

冷凍庫に長らく眠っていたお餅を焼いて、出汁に浸して食べる。

朝から幸せで鼻が膨らむ。

伊達巻も無事に焼けたし、（教習所の）学科の方も合格点をクリアし、仮免が通った。

めでたしめでたし。

なんだか、いい年越しができそうな気がする。

よいお年を！

本書は文庫オリジナルです。
NexTone PB000053419号

昨日(きのう)のパスタ

小川糸(おがわいと)

令和5年2月10日　初版発行

発行人――石原正康
編集人――高部真人
発行所――株式会社幻冬舎
〒151-0051東京都渋谷区千駄ヶ谷4-9-7
電話　03(5411)6222(営業)
03(5411)6211(編集)
公式HP　https://www.gentosha.co.jp/
印刷・製本―中央精版印刷株式会社
装丁者――高橋雅之

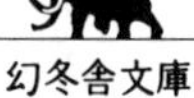

幻冬舎文庫

ISBN978-4-344-43268-0　C0195　お-34-20